熊を夢見る

中沢新一

角川書店

序　熊を夢見る

『ミクロコスモスⅠ』『ミクロコスモスⅡ』として始まった私の小品集が、動物アレゴリーの名前を冠する新しいシリーズに姿を変えて、ここに刊行を再開する。ここ数年の神話学的探求をつうじて、私の感覚の内部に動物的なものとの親近感がいっそう深まっていることが、このような命名に心理的影響を及ぼしているように感ずる。

北半球に拡散していった人類にとって、熊という動物は特別の意味を持っていた。偉大な体軀と腕力を持つこの動物は、人類にとっての脅威であると同時に、狩猟をつうじて毛皮と肉をあたえてくれる恵みの主でもあった。立ち上がったときの姿は人間とよく似ていて、皮を剝《は》ぐとそれこそ裸の人そっくりの形状があらわれた。そのため旧石器時代以来、熊は神話と儀礼の重要な主人公であり、人類の心理の深層部に畏怖《いふ》すべき親しい友として住み着いてきた。

したがって「熊を夢見る」とは、旧石器時代以来のとてつもなく古い人類の思想を表現した言葉である。熊を夢見ることによって、人は時間と空間を抜け出た「どこにもない場所」に出て行くのである。そこでは人と動物がつながりあうばかりではなく、森羅万象のいっさいが縁起の理法によって影響を及ぼしあっている。神話的思考のすべてがそこから発生した。科学と芸術における創造的な思考のすべても、その場所との接触をへてから、現実世界に出てきたものである。「熊を夢見る」ことができるうちは、人類の心はまだ健全さを保っていると思える。

このような小品集が出来上がるには、何人もの友人の協力がなければならなかった。さまざまな雑誌や報告書に散逸していた文章を収集し講演の記録を集めてくれたのは野沢なつみさんであり、またそれを整理して一冊の本に編集してくれたのは須川善行さんである。造本の作業を担当してくれたのはＫＡＤＯＫＡＷＡの伊集院元郁さん。ＫＡＤＯＫＡＷＡの郡司聡さんは細心の気遣いで最後まで進行を見守り続けてくれた。みなさんどうもありがとうございました。

熊を夢見る

目次

序　熊を夢見る　1
私の収穫　7
空間のポエティクス　15
サーカス／動物　57
堂々たる「貧」――ジンガロ『バトゥータ』　59
猿まわしの哲学のために　65
人は熊を夢見る　71
クマよりもたらされしもの――根源をたどる足跡をめぐって　77
対称性の思考としてのアニミズム　99

神話と構造　123

「ふゆまつり」の神々　125
プレート上の神話的思考――コルネリウス・アウエハント『鯰絵』　132

東京どんぶらこ　153

お金のかからない高級さ――世田谷区山下　155
けなげな町――世田谷区代田橋　158
異界との境界地帯――新宿区四谷三丁目　161

日本の芸能　165

菩薩としての遊女　167
禅竹――中世的思考の花　177
離脱の芸術　194
吉本の考古学　199

書物のオデッセイ

原点の一冊――山中共古『甲斐の落葉』 211
小さな、過激な本――柳田國男『遠野物語』 214
網野さんがくれた本――石母田正・武者小路穣『物語による日本の歴史』 219
寺山修司の詩的限界革命――『寺山修司著作集』 223
山国の詩的人生 236
ダンテのトポロジー 240

初出一覧 250

209

装幀 小林剛（UNA）

私の収穫

大地に落ちる

少年の頃、私がもっとも衝撃を受けたのは、つぎのようなイエスの言葉だった。「一粒の麦が大地に落ちて死ななければ、一粒のままである。だが、死ねば、多くの実を結ぶ」。さらにこうも。自分の命を愛している者は、それをいつか失ってしまうが、自分の命を憎む人は、それをいつまでも保つことができる。

青年になった頃、私にとっての大問題は、いったいどのような大地に向かって、自分は落下していくべきなのか、ということだった。自己愛の殻を食い破っていくことができなければ、地上に向けて落ち行くことすらできないが、さりとてそののちに死んだ麦の一粒が、多くの実を結んでいくためには、豊かな水と滋養を蓄えた大地に、落ちることができなければならない。そんな大地が、この現代の、どこにあるというのか。

まわりの風景は、どこへいっても変わらないような均質なものに、改造されていたが、人間もそうで、変わり者の数は激減し、誰も彼もがたいして代わりばえのしない、「ふつうの人」に変化をとげようとしていた。生産力豊かな商品社会が発達したおかげで、人間の残されていた最後の野生の野とも言うべき「無意識」の領域が、すさまじい勢いで均質化されていき、それは世界的な現象となっていた。

そのような現代が、つくりあげられようとしていた時代、私は自分が落下すべき大地を、必死で探していた。

人類学に出会う

一粒の麦が豊かな実りをもたらすためには、死んで大地に落ちなければならない（イエス）。「死ぬ」は象徴的な言い方で、自分をつくりあげているすべてのものを、無自覚に愛するのではなく、そこから遠ざかることができなければならない、という意味なのだろう。そう考えていた私の前にあらわれたのが、人類学者レヴィ＝ストロースだった。

哲学を学んで教授資格を取りながら、彼はそれを捨てて、南米のインディオたちのもとに出かけて行った。その頃はアマゾン流域では新石器時代以来の伝統的な暮らしを続ける先住民たちと、深い接触を持つことが、まだ可能だった。レヴィ＝ストロースはそこで、自分を育て上げてきた西欧文明とはまったく異なる人間の豊かな生き方を発見し、衝撃を受け、思想を根底からつくりかえる体験を持った。

このとき彼は自らすすんで死に、大地に落ちたのである。自分を育て上げてきた知識の土台を疑って、そこから身をひき離して、小さな麦粒は長いこと大地の下におおい隠されてきた「人類の無意識」という、黒々とした深層の大地に突き刺さることができた。

人類学という学問と出会った私は、均質化された社会のアスファルトをひき剝《は》がして、その下に広がる豊かな無意識の大地に踏み込んでいくための、たしかな方法を見出すことができた思いがした。私は真の落下の時に備えて、自分に課した訓練に明け暮れるようになった。

チベットをめざす

風景も文化も人の心も均質化されていく時代の中で、私は自分の無意識を、自分の力で造り直してみたいと考えるようになった。人類学がそれを実行するための、ひとつの方法を教えてくれた。神話や未開芸術の世界に沈潜することによって、無意識がおこなう自発的な活動に、素手で触れるような体験を持つようになれた。

しかし、私には人間の心の奥のほうには、そうした研究によっても触れることのできない、とてつもなく広大な領域が隠されているように思えてしかたなかった。人類学が扱えるのは、新石器時代以降の人間の思考である。それ以前の、考古学が旧石器時代と呼んでいる頃の人間の心は、どのような世界を体験していたのだろうか。

それを探るためには二つのやり方がある、と私は考えた。一つはオーストラリアに出かけて、先住民の世界に深く潜り込んでみることであり、もうひとつは旧石器的な精神探求の方法を残していると思われた（私はそう直感したのである）、チベット人の宗教の世界に、いままで誰もやらなかったような方法で、深く入り込んでみることだ。

試行錯誤の末に、私はチベット人の世界を選択した。そこでは、旧石器的な方法で得られる体験を、仏教の高度な思考を利用して再編成しなおすという、ほかの世界には類例のない試みがおこなわれているように、感じられたからである。

こうして二十九歳の冬、私はチベット人の世界に出かけていった。

心の野を開く

三年間かかって、私はチベット文明の伝える、人間の無意識を探る旧石器的方法を、学び取ることができた。人類の最初の宗教は洞窟《どうくつ》の中で起こったが、チベット人は洞窟の暗さを利用するとてつもなく古い方法を洗練させて、どんな環境でも実行できる、単純で強力な方法をつくりだしていた。それを使って、彼らは人間の心を、徹底的に調べ尽くそうとしてきた。彼らの関心範囲は恐ろしく広く、そこには生まれる前の心や、死後の心のことまで、含まれていた。その三年間というもの、毎日が驚きの連続だった。

チベット人が私に伝えてくれたのは、言葉によるのではなく、身体体験を通じて直感を呼び覚ます、「暗黙知」による知識だった。そのために、学んだことを体得するまでに、さらに数年近い時間を必要とした。さらに数年を費やして、この暗黙知の見えない体系を、人間科学に組み込んで、それを拡張してみる試みに取り組むことになった。その試みの中から、私は生きた無意識を動かしている「対称性」という原理をつかみ出すことができた。

自分が落ちるべき大地に、どうやら私は間違えずに落下することができた。そしてそこで出会った大地の知恵の番人たちは、私を黒々とした豊かな地層の近くにまで導いてくれた。しかし、私という麦は、まだ十分に熟し切っていない。たぶんこれからもっとたくさん死ななければ、自分の「収穫」などについて語ることなどはできそうにない。

空間のポエティクス

サーカスに惹かれた芸術家たち

今日は、サーカスの話をしようと思います。僕はサーカスに、大学の三年生ぐらいの頃から深い関心を持っていて、大学院に行ってもまだ関心を持ち続けていました。サーカスは人類最古のエンタテインメントの一つであり、人類の認知能力の秘密に触れるような重要性をもっています。今日は、そういうサーカスを話の具体的な素材として使いますけれども、もっと主題を広げて話そうと思っています。

「空間のポエティクス」とタイトルをつけました。「ス」はいらなくて、「ポエティック」でいいかもしれません。「ポエティクス（＝詩学）」にすると学問の名前になっちゃいますから。「ポエティック」とは、ふつう「詩的なもの」と訳されます。最近は「ポエム」なんてちょっと軽蔑《けいべつ》したような言い方もあって、詩は軽く見られることが多いんですけれども、視覚芸術であっても、言語芸術であっても、また音楽のようなものであっても、実はすべてがポエティックに関わっています。

とりわけ視覚的な芸術としてのアートにとっては、空間をいかにポエティックに作りかえていくか、ポエティックの構造を持った空間をいかに作り出すかが根本的な問題になります。

ポエティックな空間とは、高次元的な、動いている空間です。その構造を人間の心／脳（マインド／ブレイン）は知覚し認知することができます。その高次元的空間をスライスして次元を落として二次元の平面として表現したものが絵画であり、インスタレーションの場合なら三次元にそれが投影されることになります。

ただ、インスタレーションのように三次元で表現したり、あるいはそこに時間を入れて四次元にしたり、といった表現が出てくるにしても、そのおおもとにはポエティックな空間構造があって、人間の心／脳が、そのポエティックな空間の知覚を表現するときに、いろいろなアートの形態が生まれてきます。

今日はそういうポエティックな空間の代表として、サーカスを取り上げます。サーカスは非常に歴史の古い民衆的な芸術で、むしろそうしたところにポエティックな空間とは何なのかという問題への答えは現われてきます。アートとサーカスは、実は切っても切れない関係をもっているのです。

マルク・シャガール「白馬の上の道化師」
（図版提供：Artothek ／アフロ）

十九世紀後半のヨーロッパの芸術家は、アートとは何かという問題をサーカスを通して考えていました。作家や詩人の側でも、町の広場で公演しているサーカスに出かけてたいへんに感動している人が多く、彼らはサーカスについてのすぐれた文章をいくつも残しています。中でも作家テオフィル・ゴーティエの文章などはたいへんに有名ですね。

サーカスを描いた画家たちもたくさんいます。日本人はサーカスをノスタルジックなペーソスをたたえている場所と思いがちなので、そういうものを表現したのかと思われるかもしれませんが、そうではありません。

十九世紀の後半、ヨーロッパの画家たちがなぜ好んでサーカスを描いたかというと、彼らが作りだそうとしていたアートの形態の先にあるものが、サーカスの中にすでに実現されているという予感があったからです。そのころは印象派の時代でしたが、印象派の先にめざすべき現代芸術のヒントが、どうもサーカスにあるらしいと考えていたのです。

ですから、十九世紀から二十世紀の初期にかけては、サーカスを主題にした絵がたいへん多いんです。たとえば、皆さんもよくご存じのピカソもたいへん関心をもっていましたし、ほかにものちに抽象芸術を作りだしていく作家たちがサーカスにたいへん惹《ひ》かれていました。

彼らはサーカスのどんなところに惹かれていたのでしょうか。サーカスのテントの中には、特別な空間の様式があり、その空間の中に光や音や闇や動物や人間の仕草やアクロバットや、さまざまな要素が総合的に詰め込まれ、組み合わされています。彼らが惹かれていたのは、その構造と空間のあり方です。

ピカソやブラックといった、のちにキュビスムや抽象芸術の発端を作っていく人たちは、「四次元」という概念にたいへん関心をもっていました。この世界では実は四次元のリアリティが動いているが、それは人間の脳の知覚能力をもってしては三次元としてしか知覚できない、という発想がそこにはあります。われわれが三次元として知覚しているこの世界はじつは四次元のリアリティとして動いている。この人たちはその四次元をかいま見せるアートのかたちを現出させようとしていました。その大衆的な先駆けがサーカスにあることを彼らは鋭くかぎとっていました。

詩とは何か

ポエティックな構造をもった空間の成り立ちを最初に自覚的に表現したのは、言語芸術の芸術家たちでした。つまりは詩人たちです。彼らは「ポエティック」とは何かを自覚的に考えようとしました。

詩とは、言語で作り出すものです。その言語とは、われわれが日常ふつうに使っているコミュニケーションの道具です。この道具を使って、詩という文芸形態を作るわけですが、これはふつうの日常的なコミュニケーションを行っているものに、言葉の構造の入れ替えなどを行って、変形していったものです。変形するときに、いったい人間の知覚はそこに何を捉《とら》えているのか、思考は何を捉えているのか。こういうことを考えたのが、十九世紀ヨーロッパの前衛的な詩人たちでした。

詩とは何かというとこれは非常に難しいんですね。日本のある詩人は、ふつうの文章を行分けして、下を空けて書くと詩になると言っています。実際、そうなんでしょうね。ふつうの散文は、原稿用紙なら下までみっちり詰めて書きますけれども、詩の場合は途中で行分けをして書きますから、原稿用紙の下の方が空いてしまいます。僕は昔、詩人がとても羨《うらや》ましかったです。僕らが書いているのは論文ですから、調べたものでマス目をびっしり埋めていくのに対して、詩人は下が空いているけれど、一枚あたりの原稿料は同じですからね（笑）。

さて、行分けをすると、文章の中にリズムが発生します。文章を切る場所が視覚的にわかるわけですね。文章が切れていくのは、ふつう私たちが息継ぎをする場所や、意味が途切れる場所で、そこで文章全体にリズムが入ってきます。

しかし、リズムは、ふつうのコミュニケーションの道具としては、本質的なものではないとされています。言語を使うコミュニケーションでは、意味を音や文字で伝えます。それによって言葉の意味、意味内容が理解されます。たとえば、「キ」という音を聞くと、私たちは植物の「木」を連想します。その連想された植物が、意味内容になります。言葉は、こうした記号と意味内容の組み合わせで作られています。ところが、リズムはそういう意味内容をもっていません。

人間の身体の中には、生命的な、生物的なリズムがありますが、この生物的なリズムが表面に現れてくると、私たちは歩きながらスキップをしたり、歌を歌ったりするようになります。歌を歌っていると、記号と意味内容の結びつき、つまり意味を生み出していた言葉機能そのものが怪しくなってきます。

たとえば僕が歌で講義をするとします。それはそれでミュージカルみたいで楽しいでしょう。けれども後から考えると、あの先生の講義はおもしろいパフォーマンスをやっていたけれど、何を教えてもらったのかはわからない、ということになります。それは講義が本来意味内容をつかもうとするものだからですね。

だとすると、詩を行分けしたときに視覚的に入ってくるリズムは、人間の身体性の領域から湧き出してくるものですから、そこには記号とはちょっと違うもの、生物的なものが入り込んできていることになります。

下が空くことで、記号表現の中に無が意識化されることにもなります。私たちのおこなっている言語表現とは、無の中に記号や意味が浮かび上がってきたものだということが、視覚的にわかるわけです。

ですから、白い紙はたいへん重要な意味をもっています。詩を読むとき、活字が白い紙の上に載っていて、詩ではこの白を強調しますが、これはいわば記号以前の、無の空間を表しています。無の空間の上に記号の粒子のようなものが置かれて、私たちはそれを見ることによって意味を理解する。ですから、意味の世界は、無の上に繰り広げられていることが直観されます。表現の一番の根底にある無の上に広がる記号表現、そこに記号表現の奥にある生命体的なリズムが入り込んでくる。行分けをするだけで、そういう意味が発生してくるのです。

同じことは、たとえば「マッチ一本火事の元」などと言ったときにも起こります。七五調という日本語特有のリズムがありますが、身体がこれと同期しますと、調子がいいだけではなくて、この意味内容が身体化されることになります。「マッチは火事の元になります」と言うよりも、「マッチ一本火事の元」と言う方が、リズムを通して、意味が私たちの身体の中に入ってきますね。

「交感」の描く世界

もっと深いところで、詩とは何かということを探究してみましょう。

それにはこのボードレールの「交感 Correspondances」という詩が最高のテクストではないかなと思います。これは十九世紀を代表する詩集である『悪の華』の中に入っている作品で、詩とは何かということを詩に表現したものです。しかも、ここで言われているのは言語芸術だけではありません。ありとあらゆるポエティックなもの、アートの根源に関わるものをポエティックというならば、その本質を詩で描いた作品です。「Correspondances」とは「交感」、ここではお互いに知覚が呼び覚まし合うことをCorrespondancesと呼んでいます。

自然は神の宮にして、生《せい》ある柱
時をりに　捉えがたなき言葉を洩《も》らす。

人、象徴の森を経て　此処《ここ》を過ぎ行き、
森、なつかしき眼差《まなざし》に　人を眺む。

長き反響《こだま》の、遠方《をちかた》に混《まじ》らふに似て、
奥深き　暗き　ひとつの統一《とういつ》の
夜のごと光明のごと　広大の無辺の中に
馨《かをり》と　色と　物《もの》の音《ね》と　かたみに答う。

幼童《をさなご》の肉のごと鮮《あざ》やかに、木笛《オオボエ》のごと
なごやかに、草原のごと緑なる、薫《かをり》あり。
——あるは、腐れし、豊なる　また　ほこりかの、

無限《はてなし》のものの姿にひろがりて、
流涎《りゅうぜん》、麝香《じゃこう》、安息香《あんそくこう》、焼香《しょうこう》のごと、
精神《こころ》と官覚《にく》の法悦《ほうえつ》を歌へる、薫《かをり》。

十九世紀の詩ですから、私たちにはちょっと難しく感じるかもしれません。これは「象徴の森」というものが、どういうふうにできあがっているかを分析した詩なんですね。

象徴の森とは、複雑な構造をもった詩のことを表しています。散文よりも複雑な構造を持っていますが、その構造の中にあるのは、言語の意味だけではありません。意味というものは抽象性のほうへ向かい、最後には気泡のように消えてしまいますが、詩の中にある言葉は、流涎、麝香、安息香、焼香のような薫りに満ち、それから「馨と　色と　物の音と　かたみに答う」とあるとおり、薫りや色やものの音、自然音が応《こた》える、こだまし合っている、ということですね。

「長い反響の、遠方に混らふに似て、／奥深き　暗き　ひとつの統一の」とあります。この象徴の森という空間、ポエティックな空間の中では、ありとあらゆるものがお互いに反響し合っている、その中にはどれ一つとして孤立したものがないと言っているんですね。どんなに遠いところにある、象徴の森の深い、端っこにあるものであっても、中心部に響き合いをしており、中心部に何かの振動の響きが起こると、それは全域に及んでいき、それがまた中心部や他の部分に反響して、全体が常に反響し合い、動いているということを言っているわけです。こう言ってよければ、そこには中心も因縁もありません。

しかもそこでは、抽象的な意味だけではなくて、感覚に訴える薫りや色や音楽的な音が、中に折りたたみ込まれながら、一つの全体性をなしています。

「幼童の肉のごと鮮やかに」、たいへんに新鮮な、若々しいものです。つまり、ここには老化していくものの要素は入っていません。「木笛のごとなごやかに、草原のごと緑なる、薫あり」、腐ったもの、豊かな、ほこりのようなものが漂っている。空間全体に、まるで小さな微粒子が飛びかっているようだと言っています。

この森の中を通過していくことが、ポエティックの森、象徴の森を通過していくことだとボードレールは詠《うた》っています。これが詩の空間です。

拡大しながら閉じていく空間

日常的な言語の空間は、境界がなくて、どこまでも外側へ向かって開いています。私たちはその空間を、のっぺらぼうでなだらかな、均質な空間として想像することができます。その空間について、他の人間たちも同じことを考えています。自分たちが散文的なコミュニケーションを行っている空間は均質で、どこまでも広がっていけると考えられています。その空間は、たとえば計算の原理で言うと、1＋1＝2、2＋1＝3、と計算しては、1、2、3、4、5、6、とどんどん数が広がっていく可算無限の世界として作られています。

ところが、詩の世界はそうではない、とボードレールは言うのですね。詩の世界はどこまでも広大無辺でありながら、内側へ閉じている。閉じているがゆえに、どこかで何かのメッセージが発されると均質な空間の中に飛び散っていき、どこかに消えてしまうわけではない。それはいつかまた、元の空間の中に戻ってきて、そしてその運動によって全体を振動させるのです。ポエティックな空間とはなんとも不思議な空間だと思いませんか。

どこかで起こった振動はまた中心部へ戻ってきて、私を振動させ、私の振動は新しい世界のパターンを形成して波動を作って、その波動がふたたび外へ広がっていく。この運動が絶え間なく繰り広げられているのが象徴の森だということになります。

散文的世界、あるいはコンピュータ的世界では、1、2、3、4、5、6という数字を並べていって、大きい数があったとしても、それに1をたすともっと大きい数字が作られるというやり方で、どこまでも均質空間の中を広がっていけます。チョムスキーという言語学者の言うように、あらゆる文が無限に長く伸びていくことができます。

ところが、ポエティックの空間はそうではなくて、内側へ閉じています。内側へ閉じることによって、実は広大無辺な空間が逆に開かれてくるという性格をもっているのです。

この閉じていく空間を作っている計算法の原理とはどんなものでしょう。1、2、3、4、5、6、7、8、と広がっていくのが可算無限の散文的世界だとすると、この閉じていく世界を作っている原理は、1、2、3、5、8、13、21と数が連なっていくような世界です。これはどういうことかというと、1が出現すると、まず1＋1＝2。そして、この2と最初の1をたすと3になりますね。次に、この3とさっきの2をたすと5になります。5と3をたすと8で、こういうふうに、1、2、3、5、8、13、21というリズムで増えていくことになります。

これはどういう数をあらわしているかというと、ネズミの増え方にほかなりません。つがいの二匹がいて、子供ができて三匹になって、三匹同士が再び子供を作って、今度は五匹になり、八匹になり……というネズミの増え方の研究から、こういう数の世界の仕組みがわかってきました。これをフィボナッチの数列と呼んでいます。

フィボナッチ数列では、前の数と次の数の比率がある数に収斂《しゅうれん》していきます。これが黄金比と呼ばれているものです。黄金比は、自然の中に存在しています。巻き貝の形態、螺旋《らせん》の作り方、植物の葉の比率、植物の茎の出るリズム、こうした自然の中に作り出されてくる形態の背後には、すべて黄金比が働いています。この黄金比の元になる計算法が、実はネズミの増え方です。

これは、自然界が無限に広がっていくのとは違う計算法で自分を作り出しているということをあらわしています。この黄金比のやり方をとると、自然界は必ず閉じていきます。不思議なもので、植物の葉は、この黄金比を使いながら、どこかへ閉じていって、それによってあの形態を作り出します。巻き貝は、あの螺旋状の構造をこの数式で作り出してきます。つまり、拡大していきながら、どこかで閉じていくという世界を自然界は作り出すわけですね。

自然界を作り上げている数式とポエティックとは非常に深いつながりがあります。そのことを、十九世紀の数学と哲学は明らかにしました。それは、ポエティックな空間の作り方に深くつながっています。

振動するサーカス小屋

ポエティックな空間は、私たちのこの現実世界に出現しながら、散文的なやり方とは違う原理で作られていて、それによって散文的な外の世界から自分を遮断していこうとしています。

ポエティックの空間は閉じられていて、その内部ではすべてが響き合っていて、どの言葉、どの音も孤立していない状態をつくりだそうとしている。その空間の中のどこかで発せられた音は、別の場所に広がっていき、そこでまた新しい響きを作り出す。それが相互的に響き合いながら、空間全体を振動させ、運動するものが出現する。それが、ポエティックな空間である。こういうことがボードレールの「交感」という詩の中で言われていることです。

サーカスこそがまさにそういう空間を作っているという認識が、十九世紀のヨーロッパの詩人たちにはありました。二十世紀の日本の詩人も同じことを考えました。中原中也に「サーカス」という有名な詩があります。

幾時代かがありまして
　茶色い戦争ありました

幾時代かがありまして
　冬は疾風《しっぷう》吹きました

幾時代かがありまして
　今夜此処《ここ》での一《ひ》と殷盛《さか》り
　　今夜此処での一と殷盛り

サーカス小屋は高い梁《はり》
　そこに一つのブランコだ
見えるともないブランコだ

頭倒《あたまさか》さに手を垂れて
　汚れ木綿《もめん》の屋蓋《やね》のもと
ゆあーん　ゆよーん　ゆやゆよん

それの近くの白い灯《ひ》が
安値《やす》いリボンと息を吐《は》き

観客様はみな鰯《いわし》
咽喉《のんど》が鳴ります牡蠣殻《かきがら》と
ゆあーん　ゆよーん　ゆやゆよん

屋外《やがい》は真ッ闇《くら》　闇《くら》の闇《くら》
夜は劫々と更けまする
落下傘《らっか》奴《がさめ》のノスタルジアと
ゆあーん　ゆよーん　ゆやゆよん

という詩ですね。ここではサーカス小屋全体が揺れている状態を言語の中に移し替えています。サーカス小屋がなぜ揺れるのかといいますと、空中ブランコの芸をやるときにテントの上の方にブランコを張ります。そして、ブランコに合わせて芸人が動くと、梁が振動していきます。この振動が、サーカス小屋全体を揺らしていきます。

このサーカス小屋のブランコ芸人によって、サーカスの空間が揺れていく状態を、中原中也は「ゆあーん　ゆよーん　ゆやゆよん」という不思議な音で表現しています。この音が表現しようとしているように、この空間自体がまるで呼吸、鳴動しているように動いています。

サーカス小屋は、それ自身がリズムをもって振動しているのです。このリズムによって振動する空間は、私たちが言語でコミュニケーションしたり、あるいはコンピュータで計算をしたりする、そういう頭の使い方とは違うところから発生している、ある種の身体的リズムが支配している世界です。つまり、言葉や計画や計算でできている世界の下に、人間はリズムによって振動する空間を知覚しています。この空間の知覚がどのように人間の中に形成されてくるのかを考えてみると、なかなか面白いものがあります。

生まれたばかりの子供についての心理学の研究はたくさんありますが、こういう研究を見るとよくわかります。子供は言語を習得する前に、すでにリズムの感覚をもっています。このリズムによって揺れることを快楽として感じるし、自分でリズムを使って表現を行います。リズムは空間をパン、パン、パンと切っていきますが、そのことに人間の子供は快楽を感じて笑うのです。つまり、人間の子供は、言葉をしゃべるはるか以前から、自分の身体の中から湧き上がってくるリズムを知っていて、自分の身体がリズムで揺れるようになると、ニコニコし始めるんですね。

言葉をしゃべらない子供は、ダジャレを聞いたり、面白いことが言われたから笑うわけではありません。皆さんも、なんとはなしに子供が笑っているのをごらんになったことがあると思います。部屋の片隅に一人でいて、ニコニコ笑っていたり、庭に出て植物が風にそよいでいるのを見て、フフフと笑っているとか。この子供の中から湧き出してくるフフフという笑いは、人間の身体の中で湧き上がってくるリズムと、そのリズムを分節する動きの中から発生するのです。

これがどうして形成されてくるのかは、たいへん興味深い問題です。おそらくは母親の身体との密着状態の中で作り出されてくるリズムの運動が大きな働きをしているのでしょう。人間は言葉以前に、リズムによって振動する空間を知っていました。その後に言葉を習得したり、社会生活を送ったりといったすべての文化的行動のベースが、このリズムによって振動する空間で形成されることになります。サーカス小屋が実現しようとしているのは、この人間の意識の土台を作っている、リズムによって振動している空間なのです。

この空間は、ある意味では、この世界や社会の運動とは関わりがありませんし、歴史の運動とも関わりがないものです。生まれたばかりの子供は、言語を習得する前には、この世界で起こっている歴史の運動とは関わりのない存在です。七歳ぐらいまではそうかもしれません。子供は歴史の外にいる存在です。私たちが言語を習得して、社会的な存在になると、そこに社会や歴史の問題が入り込んできて、大きな価値づけが与えられますから、私たちはそっちの世界に意識を集中させていき、もう自分の身体と心の根底で動いている、リズミカルに振動するポエティックな空間は感じられなくなります。しかし、言葉をしゃべる前の子供は、これをはっきり自分のものとして知覚しているのです。

アーティストという子供たち

ただし、このポエティックな空間を感じなくなる大人になっても、これを感じ続けている人たちがいます。それがボードレールに言わせると、詩人だということになります。アーティストとは何かというと、この空間の知覚を忘れない人間、ということになるでしょう。アーティストが社会的な言語によって、社会的な思考だけを行うと、その心の中で動いている知覚も表現の能力も、たちまちにして消えていきます。人間の心は不思議なもので、自分の心や表現能力の根源を作っているものを抱えながら成長していきますが、ある時期まで来ると、自分の根源が見えなくなってしまいます。ところが、人間の中にはこの根源の空間についての記憶を持ち続けている人たちがいて、その人たちが詩人やアーティストになるんですね。

なぜ詩人やアーティストがどことなく子供っぽいのかという秘密も、ここにあると思います。僕は数年ほど美術系の大学で教えたことがあります。最初のころは、なんて幼稚な空間なんだろうと思いましたが、決して悪いものとは感じませんでしたね（笑）。むしろたいへんすばらしいことだと思いました。子供っぽいだけではなくて、彼らは言語化以前の人間の記号化能力、つまりポエティック空間を基体としてできあがった心／脳の記憶を失わないでいる人たちなのです。

その結果、彼らの表現はある種の子供っぽさをもつことになります。そのおかげで言語以前の人間の表現能力の根源にあるポエティックな空間の記憶を持ち続けていて、それを現実的な世界の中に表現しようとする行為を可能として、アートと呼ばれるものをつくれるようになるわけです。

さきほどの中原中也の詩は、サーカスのテントの中で空中ブランコが揺れているさまを表現しようとしています。中也の詩は、全体にマトリックス＝子宮的な側面が強いですね。自分が胎児のときに、子宮の中にいたときの感覚を取り出しながら、詩を作っているところがあります。「サーカス」という詩はその典型で、サーカス小屋自体がひとつの子宮のようになっています。その子宮は熱をもち、湿気を帯び、そして心臓音に合わせて絶え間なく揺れています。

その揺れている子宮の中で、人間は十カ月近くを過ごしますが、その記憶とこのサーカス小屋の記憶は直結しています。人間の言語能力以前に生まれる表現能力は、すでにこの子宮の中で形成されているのです。

子宮の中の胎児の状態では、母親の心臓の鼓動、不安や喜びの感情は、母親の大腸や胃や内臓の動きの変化に表われます。母親が不安で緊張していると、臓器は硬直します。喜びにくつろいでいると、内臓は柔らかく振動するようになります。子宮の中にいる子供は、それをすべて感じとっています。ですから、たとえばお母さんがしょっちゅう不安に襲われていた子供は、早い時期から不安というものを体験することになります。

感情の元型は、ほぼその期間に作られます。そういう世界の中で、子供はある意味では万能であって、そして全世界は一つにつながっている。自分の期待を裏切ったり、悪意を持って自分に向かってくるようなものは、この空間の中には存在しません。その閉じられた空間の中にあるものは、ボードレールの「Correspondances」という詩にあるように、薫りをもち、熱をもち、音色をもち、お互いがコレスポンダンスしあっている濃密な空間を形成しています。

このポエティックな空間は、人が成長し、意識的な生活をして、現実の世界を作るようになると、それによってズタズタに切り裂かれ、抑圧され、見えなくなってしまいます。しかし、ポエティック空間は、常に私たちの心／脳の働きの深層部で運動を続けています。それがときどき町の中に出現してくることがある。それがサーカスの空間なのです。

サーカスの始まり

昔の人々は、サーカスが定期的にやってくるのをたいへん楽しみにしていました。それは、このサーカス小屋の中では、日常生活を作り上げている論理や規則が破られるからでした。言語の構造の規則も破られて、常ひごろは子供っぽいもの、動物のようなものとして軽蔑されたり、否定されたりしている感情や心の動きや、あるいは身体の動きや世界の響き合いがサーカス小屋の中で甦《よみがえ》り、立ち上がってくる。そういう空間を作り上げたのが、サーカスと呼ばれるものでした。

サーカスは、特にヨーロッパで発達しました。日本にもサーカスはありましたが、日本では見世物として発達しましたので、今日の話はヨーロッパのサーカスに話を限定しようと思います。こういう空間のもっともみごとな表現を彼らがつくり出しました。そして、その空間の中に、詩人たちやアーティストたちが自分が表現しようとしているものの先駆け、あるいは原型のようなものが実現されていると直観することができました。サーカスはヨーロッパの文化のいわば最高の産物だったのかもしれません。

しかしサーカスは、あまり高い文化的評価の与えられない、民衆的な芸術です。しかも、それをやっているのは、いわゆる流浪の民と呼ばれる人たちでジプシー（ロマ）や移動民がこれを担っていました。サーカス芸人は軽蔑されていました。しかし、この軽蔑されていたサーカスの世界は、ヨーロッパ二〇〇〇年の歴史を超えて生き続けてきました。サーカスが最も高い芸術的表現を獲得するのは、十九世紀の後半です。なぜ十九世紀の後半にそういうことが起こったのかはそれだけで研究に値する大きな主題で、現代芸術の始まりが十九世紀の後半でしたから、それと深く連動してサーカスが高い表現の完成形態に近づいていったことと重なり合っているのでしょう。

サーカスには演目がいくつかあります。もともとサーカスが最初に発達したのはローマです。ローマには皆さんご存じの円形競技場があって、その中で動物の芸とアクロバット芸がよく行われたりして、エンタテインメントの最大の集積地になっていました。ときどきは捕縛されたキリスト教徒がこの円形競技場の中へ放たれ、そこにライオンを放ってキリスト教徒を襲わせて殺すのをローマ人は好んでいたようです。そういうことが見世物として行われていたんですね。

けれども、実際には、そこで中心的に行われていたのはサーカスでした。ローマでは、サーカスは円形競技場で行われました。それがある時期からテントの中で行われるようになりました。それがいつごろから始まったのか、はっきりしたことはわかりませんが、十九世紀になると確実に現れています。十九世紀には、移動用のテントを持って、サーカス芸人が移動するようになりますね。

何がこのテントの出現のきっかけになったのでしょうか。僕はこれはモンゴルすなわち元帝国のヨーロッパ侵入がきっかけだったのではないかと思っています。モンゴル人は、パオというテントで移動する遊牧民です。この遊牧民の文化がヨーロッパにたいへんな衝撃を与えたのが、元の時代でした。ヨーロッパはそれから後も、オスマン・トルコの襲撃を何度も受けていて、テントで生活する人々の印象が彼らの中には強く刻まれることになります。

ジプシー等がヨーロッパの中で活発に活動するようになってくるのも、やはりこの時期かと思います。ジプシーは、もともとインドのフォックス・ハンターと呼ばれるカーストから出た人々であると言われています。ジプシーたちは黒い顔をしていますが、あれはもともとのインド人の遺伝子を表しています。この人々が、ヨーロッパへ入ってきます。南フランスのあたりから上陸したようですが、この人たちがサーカス芸のベースを作っていきます。いずれにしても、サーカスがテントを使って興行する形態は、ヨーロッパに外から入り込んできた要素が原因だと考えられます。

十九世紀には、このサーカスの形態が表現の完成形に近づきます。サーカスは、今では何台もの移動用のトラックを連ねて町にやってきますが、昔は馬車や荷車で入ってきました。広場の一角に場所を占め、そこにテントが立ち上がります。テントが立ち上がると、町中の子供たちが怪しい気持ちになっていきました。ヨーロッパの子供たちが怪しい気持ちになってきたのは、この頃の小説を見るとよくわかります。

サーカスへ行くときの怪しい気持ち

二十世紀になってもその感情はまったく消えていないようです。たとえば有名なSF作家のレイ・ブラッドベリが書いた『Something Wicked This Way Comes』(『何かが道をやってくる』)という小説がありますが、これにもサーカス団がやってきて、広場にサーカス団がテントを立ち上げたとき子供たちの心に浮かび上がる怪しい気持ちについて、見事に描写してあります。

怪しい気持ちとは何かというと、それはつい数年前まで子供たちの心の中で湧き上がって、活動していたポエティックな空間が再び立ち上がってくる予感にほかなりません。先ほどお話ししましたとおり、このポエティックな空間は、子供たちが成長するにつれてしつけや教育の過程で抑圧されてしまいました。ですから、「そんなことをしてはいけないよ」と言われていたもののすべてが、どうやらこの空間の中に立ち上がってくるぞということが、子供の中に感知されて、怪しい気持ちになってくるんですね。

しかも、それは「something wicked」、どこか邪悪なものです。なぜ邪悪なのか。しつけの過程でよくないもの、子供が大人になっていく過程では絶対に捨てていかなければいけない、抑圧していかなければいけないもの、それはふつう「悪」と呼ばれます。子供の心には悪が満ち満ちていることになりますが、これは実は悪でも何でもありません。つまり、「自然」なのです。心／脳の自然として形成されてくるポエティックな空間が、子供の心の中で動いていました。この空間はしつけと教育の過程で否定されます。

これが解体されると子供は優等生になれます。しかし、クラスには必ず何人か、優等生になれない子供がいるものです。この子供たちは、たぶんクラス会でも「○○君は悪いと思います！」と名指しで批判されたりする側だと思いますが、なぜ変なことばかり言っているかというと、それは自分の心の中で動いている自然な心の運動についての記憶を失っておらず、どこかに生き残っている回路からそれが出てきてしまうからです。

そういう子たちが、サーカス小屋が広場に立ち上がるのを見て、ドキドキワクワクし始めます。それは否定されていたものが、その小屋の中に出現するぞという、妖しい予感に衝《つ》き動かされるからです。

子供の目はらんらんと輝き、サーカスに出かける日を心待ちにします。お金のない子たちはサーカスのテントをめくって、裾《すそ》から入ろうとするでしょう。親に連れてこられることもあるし、入場料は概して安いですから、子供同士でやってくることも可能だったわけですね。

そして、テント小屋の中に入ります。このテント小屋は中原中也が描いたように、揺れています。外側の世界からは見事に遮断されていて、真っ暗闇です。

サーカスの入口からアリーナと呼ばれる競技場の真ん中に入っていくまでには、サイドショーという見世物小屋が置かれています。これはたいへんたちの悪いもので、いわゆる見世物の類《たぐい》がずらっと並んでいるんです。蛇女とか、二つ首のある人間であるとか、あるいは河童《かっぱ》のミイラであるとか、いや、これは日本の話ですが、もうありとあらゆる妖しいものが陳列してあるんです。ジプシーの女の子は、巨大な蛇を身体に巻きつかせています。サイドショーの典型的な蛇娘の芸です。蛇娘の芸は、数千年の歴史を持っています。古代神話を見ると、蛇女と同じ題材がたくさん出てきます。少女が、巨大な蛇の神に生贄《いけにえ》として捧《ささ》げられるのです。少女が祭壇に縛られていると、蛇がやってきます。蛇は少女に巻きついていって、蛇と少女は妖しい交わりを行い、最後には絞め殺して食べてしまうのです。

こういうお話が、古代神話にはたくさん出てきます。少女のサクリファイス、供犠が、この蛇娘の芸の根底にあります。蛇は、大地の底から立ち上がってくる自然力の象徴です。その自然力が、人間の少女を呑《の》み込んで、食べていくという古い神話です。どのくらい古いかというと、今記録に残っているだけでも五、六万年前の旧石器人の神話です。それがいまだに蛇娘のショーとして行われているのです。

日本でも蛇娘のショーは重要なレパートリーですから、新宿花園神社や、浅草のお酉《とり》様の祭礼には見世物が出てきますから、ごらんになってみるといいと思います。もっともそんなすごい蛇は出てこなくて、小さな蛇をちょっと扱うだけですけれど。

アクロバットと動物の芸

話を戻しまして、サーカスの入り口に入ると、そういう妖しいものが道路の脇にずらっと並んでいます。そして、真っ暗な空間の中を通って、アリーナに到着し、席に着いて、ドキドキして待ちます。テントは揺れ、外の世界からは遮断されています。外の世界は大人たちが作る常識の世界が広がっていて、そこでは言語によって作られた理性が世界を作っています。ところが、テントの中では違う原理によって動いている世界が振動している。それを子供たちは、あるいは子供っぽい大人の観客は、敏感に感知しはじめます。

その中で、さまざまなポエティックな芸が登場してきます。サーカスで行われるパフォーマンスは、大きく三つのジャンルでできています。ひとつはアクロバットです。アクロバットというのは、あり得ないような危険な状況に自分を放り込んで、その危険な状況を勝ち抜いてみせるものです。たとえば空中高く綱を張り渡して、その上を平衡棒だけを持って渡っていく。あるいは一輪車でその綱の上を渡りきっていく。それを観客が下から見ているわけですね。渡り終えた瞬間には、すばらしい芸だとみんなが拍手します。人間が自分のもつ生物的な条件を超え出て、外の世界に飛び出していき、ふつうの状況ではとてもコントロールできないような状況をコントロールしてみせる、つまり人間が人間外の状況、非人間的な世界の中に飛び出していって、その世界を見事にコントロールしてみせるところを見せるわけです。

その時、サーカス小屋特有の振動がサーカス小屋を揺らします。サーカスには綱渡りの芸があり、空中ブランコがあります。空中ブランコの芸は、空中に張り渡されたブランコを使って、人間が空中を飛びかいます。重力に抗して、人間がこの空間の中を鳥のように飛び、空間全体が鳥人間の運動によって満たされていきます。

私たちはふつう地上を動いているだけですから、私たちが関心をもつのは地上だけです。しかし、このサーカス小屋の中の空間は、ボードレールが言うように、コレスポンダンスしあっていますから、空中であろうとも、そこには人間が鳥のように飛んでいき、そういう運動が空間のあらゆる部分を満たしていくという条件が満たされていなければいけません。しかも、ブランコが揺れているリズムに沿って、人間の身体が動いていくわけです。これは、ポエティック空間の作り方の典型でもあります。

サーカス芸の三つの要素のふたつめは、動物の芸です。これには猛獣が登場します。その猛獣と人間が密着したり、あるいは人間が近い距離から相手の動きをコントロールすることで、ライオンが子猫のように振る舞ったり、熊が子犬のように振る舞うようになって、人間と動物の間の非対称的な関係がなくなってしまうのです。

サーカス小屋の外の現実の世界では、人間は動物や自然の世界をコントロールできるという前提に立っています。猛獣をコントロールする手段としての麻酔銃があったり、鉄砲があったり、網があったりして、動物を捕獲することができる。あるいは自然動物園の中に閉じ込めておいて、それをバスに乗って見ることができる。けれども、それは人間のほうが圧倒的に有利な立場にあって動物の世界を人間から分離しておいて、これを外から眺めるのを楽しむわけです。これは動物園の構造ですね。動物園には必ず檻《おり》があって、人間と動物はそれによって遮断されています。

多摩動物公園のような場合ですと、檻を作らないで、動物たちが生活している空間と人間が見物する空間の間に堀を作って、動物が超えてこないようにして見ています。それを見ることによって、何か動物と接触したような幻想をもつわけですね。移動動物園というのもありますが、ここにはウサギや犬といったおとなしい動物しかいません。

ところがサーカスが問題にするのは、猛獣との直接接近です。ライオンをいったん檻の外に出すと、ライオンは獰猛《どうもう》に吠《ほ》えてみせます。ワオーッと吠えてみせるので、観客は驚きます。もちろん、このライオンが十分に飼育されたライオンで、観客を襲ってくるようなことはまずないだろうという前提に立って見ていますが、それにしても恐ろしいふりをライオンはしてみせる。そこへ猛獣使いが現れて、このライオンをみごとに制御します。すると、ライオンはまるでおとなしい猫のように、じゃれついたりするようになります。猛獣使いは身体をできるだけ防御しません。いつ襲われてもかまわないような、自然状態に近いスタイルで現れます。上半身裸ということも多いのです。

そこでは、人間が圧倒的に有利で、自然界に属する動物たちはそれによって飼育されたり、コントロールされたり、あるいは殺されたりする存在だという人間と動物の非対称な関係をひっくり返してしまいます。動物と人間の関係が対等になって、動物たちも人間に語りかけるような仕草を始めるようになります。

動物芸ではこんなふうに、動物たちが人間と同じような才能を発揮して、まるで人間と同じように行動するか、あるいは、人間のほうが動物の自然な状態の中へ飛び込んでいって、一体になってコントロールする状態を作るか、どちらかなんですね。

学者犬の芸では、頭のいい犬がメガネなんかをかけて登場してきます。この犬は計算が上手で、芸人が「1＋1」と書いて「タロー君、計算してください」と聞くと、「ワン、ワン」。「2＋3」と書くと、「ワン、ワン、ワン、ワン、ワン」と吠える。みんな正解です。

もちろんこれは犬が計算ができるわけじゃありません。調教師が信号を送っているわけですが、観客にはたいへん頭のいい犬だなという印象を与えます。犬と人間の間の落差、これはもともと少ないものですが、これによってその落差も決定的になくなってしまいます。いわば人間と動物の関係が対称性をとりもどし一体になってしまうのです。

ボードレールの言うコレスポンダンスする宇宙の中では、人間も動物もまったく同じ資格をもってコミュニケーションしあいます。ですから、人間がしゃべる言葉を動物が理解し、動物が語っている言葉を人間は理解するという空間がここで実現されます。それは人間がしゃべっているこの言語ではないかもしれません。しかし、ありとあらゆる生命体がコレスポンダンスする空間の中では、動物は計算し、人間の言語を理解し、まるで友人のように抱き合って踊り出すという状態を作り出すのです。

先にお話しした蛇娘も、この動物芸のジャンルに属しますが、これはちょっと特殊で、ほかのサーカス芸に比べても、あまりにも起源が古い。この芸の起源は旧石器時代にまで遡《さかのぼ》ります。あまりに古いので、ほかの近代的なサーカスの芸の中にはとうてい入れられないということで、サイドショーという、脇のほうでやられるのです。でも、脇に置かれたもののほうが実は起源は古いということが、どこの世界でもあることなのです。立派な神社の脇に置かれている見すぼらしい祠《ほこら》のほうが、古くて大きな意味をもっているということはざらにあります。

児童文学と道化

言い残したことはたくさんあります。たとえば児童文学は、サーカスの空間と同じ作り方をしています。なぜ児童文学と言われるかというと、これは別に子供のために作られているからではありません。児童文学空間が、コレスポンダンスの世界の原理、とりわけサーカスと同じ原理でつくられているからです。『ぐりとぐら』でも『ちびくろサンボ』でも、動物と人間の距離が無になっています。

絵本であることも重要で、そこでは言語が主ではなくて、従になっています。絵本の空間の中は、全体として揺れ動くように作り出されるようになっていますから、ある意味でいうと文学の中のサーカスと言えるでしょう。つまり、言語以前の心的空間、つまりポエティックな空間を心の中に抱き続けている人間のための文学という意味なのですね。ですから、児童文学をバカにしたりまったく理解できない人間もいるでしょう。そういう人は児童文学はナンセンスと思うでしょうね。

たとえばルイス・キャロルの『不思議の国のアリス』は、ナンセンス文学と呼ばれていますが、この不思議の国はナンセンス＝無意味でできているわけではありません。すべてが逆になっていたり、対称で作られていたり、時間秩序が無になっていたり、論理的な構造をひっくり返すというかたちでできています。

あれを書いたドジソンという数学の先生はとても子供っぽい人だったそうですが、彼は自分の心の中でヴィヴィッドに知っている空間を、論理学者としての才能を駆使して作り出したわけですね。数学の先生をやっているときはちゃんと論理学の法則に則《のっと》った仕事をしていましたが、夜になって自分の大好きな少女たちのことを考えるとき、心の中にナンセンスなポエティック空間が活性化してくるのです。それを論理学の言語で組み立てていきますと、ナンセンス論理学の世界が生まれてきます。それはナンセンス文学とか児童文学とかに分類されたりしますが、それは別にナンセンスでも、子供のための文学でもありません。言語以前のポエティック空間を、論理の構造を使って表現したらああなったという、ある種の芸術作品なのです。

本当は三つ目の要素である道化のことなどももっとたくさん語らなくてはいけないのですが、これについての詳しいことは山口昌男先生のすばらしい諸著作にゆずるとして、要点だけを語っておきましょう。

サーカスの道化芸では、いい大人が情けない格好をしてバカなことを演ずるわけですが、これが実はサーカスの一番重要な芸だと言われています。道化師は、そのサーカス団の団長がやるものとされていました。

この道化は、先ほどからお話ししてきた、人間が大人になるための、規則性や拘束を身につけること、あるいはもっと言うと、言語によって自分の心を作っているように自分をしつける過程を否定した存在です。

ですから道化は、ある意味ではまるで子供です。やんちゃな子供のようだし、道化顔の造作も、これは長い歴史の中で作られてきたものですが、生まれてくる以前の人間の顔が表現されています。衣服は非対称で、右と左で色や形が違うように作られています。およそ私たちの常識的な世界でよしとされているものをすべて否定し、転倒されてきたものを演じてみせるのが、道化なのです。

道化は、笑いを引き出さなければなりません。なぜなら、笑いこそがこのサーカス小屋の象徴だからです。ポエティックな空間は笑います。しかも、子供っぽく笑うのです。何か高級な冗談を言って笑うんじゃなくて、道化が大きな音でおならをしたり、つまずいて転んでみせたり、バカなことをやって、常識をまったく無視した行動をしたときに、笑うのです。

こういう笑いは、意味の世界に反応しているように思いますが、実は道化がやっているのは、意味に反応する笑い以前にある笑いの空間を作り出すことなんです。

道化はそのサーカス団の団長が演じると言いましたけれど、日本にも似た例があります。お能です。第一番目の演目は「翁《おきな》」と決まっていますが、これは不気味な仮面をつけた翁が舞台に現れてきて、そのまま引っ込んでいくというだけの芸です。この「翁」は、老人であり、子供という意味ですが、その本質は胎児だと中世の文章には書かれています。この翁芸をやるのは、能集団のリーダーが行うことになっていました。サーカスとまったく同じなのです。

道化は、サーカスのエートス、精神を一身に担った存在として、登場してきます。その人がいるおかげで、この空中で行われるアクロバット芸も、動物を使った動物芸も、すべてが一つの統一を実現します。それがサーカス小屋として実現されたポエティック空間と呼ばれるものです。

皆さんもよくご存じのように、シャガールはサーカスに深く惹かれていました。ロシアのサーカスは、世界最高峰のレベルをもっています。これはロシア人の不思議な性格をよく表しています。ロシアへ行くと、五人に一人は自分のことを詩人だと言っていますね。自称詩人がとても多いんです。それに酒飲みです。また、とても子供っぽいところをもっていますね。

この人たちが、世界最高峰のサーカスを作り上げました。しかも彼らは、世界で最初の社会主義革命を実現して、七十年後にそれを自ら崩壊させました。こうしたことはいかに彼らがポエティックで、子供っぽい、愚か者で、しかも最高の部類の人類であるかをよく表しています。僕はロシア人のことが大好きですけれども、愚かさも含めて、とても賢い人々だと感心するのです。彼らの心／脳中にまだポエティックなものが生きているように思えるからです。

ポエティックは、十九世紀に芸術の本質として取り出されました。ボードレールの後には、マラルメがこれを別の形で取り出してみせました。ポエティック空間とは何か。それは言語をもって、言語以前の心的空間を表現する行為である、というのがマラルメが与えたポエティックの定義でした。この定義はありとあらゆる芸術に適用されるでしょう。視覚芸術しかり、空間芸術しかり、音楽しかり、言語芸術しかり、ありとあらゆる領域でこの定義は当てはまるだろうと思います。

そんな重大な人類的主題を実現したのが、サーカスのようなまるでお上品でない民衆文化だったことに、私は深い感動をおぼえます。サーカスの民はプロレタリアのさらに外にいた人々です。ですからアートの創造と理解においても、私はいわゆるセレブ文化などというものを、まるで信用していないのです。

サーカス／動物

堂々たる「貧」――ジンガロ『バトゥータ』

なんとも堂々たる「貧」のパレードではないか。美しく、たくましく、肉感的で、優しく、しかも自信に満ち、馬と人が一体となって現出させる「貧」の理念が、金融市場に翻弄《ほんろう》されている現代世界を挑発し、あざ笑いながら、アリーナを駆け抜けていく。

ここには富の蓄積もない、弱者の抑圧の上に立つ権力もない、動物と人間を隔てる絶望的な隔壁も存在していない、民族の優越感を支える歴史的記憶すらない、ここで唯一の「富」と呼べるものは、ただ動物との信頼関係だけ。何も所有しようとしない、その徹底した「貧」の理念が、信じがたいほどに美しく豪勢な空間を、わずかな時間だけ地上に出現させては、私たちを驚嘆させて、去っていく。

ジンガロが新作『バトゥータ』とともに、戻ってきた。堂々たる「貧」を理念とするこの馬術芸術一座にとって、現在の情勢はまさに好機の到来と言えよう。経済学者も、政治家も、ジャーナリストたちも、見通しの立たない現実を前にしてうろたえきっているこの時期に、人間にとってなにがもっとも重大な価値であるかに、人々はようやく気付き始めている。ウォールストリートやシティでもっとも重要な価値とみなされているものの、まさに真反対にある価値を、ジンガロは美しい身ぶりで挑発の衝動を覆い隠しながら、私たちの前に優雅に差し出してみせる。

私たちの世界は、芸術が美の凶器であったことを忘れかけている。ところがジンガロが思い出させてくれるのは、芸術が人間と自然の間に通路を開く厳かな儀式であり、そのとき自然は無所有の暴風を人間の世界に吹きつけてくる、という真実なのである。ピューリファイの能力を失ったアートなど、せいぜい投資の対象にでもなっているがいい。

私たちは世界を作り直していかなければならない。伝統などはあらかた崩壊してしまった。だから、学ぶべき相手はロマたちなのだ。私たちには過去からの遺産などはもうなにほども残されていない、と覚悟することからはじめるのだ。拠《よ》って立つべきところは、自然との信頼関係の回復だけ。これなら若者たちだって、尻込《しりご》みせずに参加することができるだろう。堂々たる「貧」の旗印の下、世界は新しく作り直されねばならない。

『バトゥータ』の舞台は東欧。トランシルヴァニアの山中。泉の辺にロマの一群が居留している。たくましい体格の馬たちが、天と地を結ぶ水の柱のそばで、くつろいでいる。あたりを埋めつくすのは蛙たちの合唱。ぼろ布をまとっただけのような幌《ほろ》馬車の中では、ロマたちの寝息が聞こえてくる。なにもかもが貧しい。しかし、なにもかもが美しい。人間の肉体と動物たちの存在以外に、余計なものがここにはなにもないからだ。

そこに姿をあらわすのは、楽器を手にした音楽家たちだ。胸搔《か》きむしるメランコリックなメロディを奏でるヴァイオリンの合奏が、あたりの空気を理不尽な情動に包み込んでしまう。すると向かい側のボックスに構えたマリッジバンドのブラスたちが、陽気なリズムでヴァイオリンに挑みかかってくる。メランコリーvs躁病《そうびょう》の対決は、そのままロマと呼ばれるこの自然児たちの無意識の構造の、無造作な表現になっている。

音楽はロマの命だ。それは音楽が空間の中に自分の居場所をつくろうとしない時間の芸術として、ロマたちの生活様式そのものでもあるからだ。土地をしっかりと占有して、そこを自分の故郷とすることのできるものたちの音楽からは、メランコリーは薄らいでいく。故郷の大地の上で踊る人々にとって、音楽は空間を占有することのできた者たちの喜びの表現となる。ところがロマたちにはその「自分たちの土地」というものがない。また、それを手に入れようともしなかった。だからロマの音楽は、胸掻きむしるほどにメランコリックであり、それを振り払うために、狂ったように陽気にはしゃぎまわる躁病質のブラスバンドが必要だった。現実の空間にテリトリーを獲得しなかったロマたちの音楽は、民族国家とともに成長してきた近代音楽全体への、大いなる「否」を潜めている。

白い大きな鳥が空を飛んで行く。その鳥を、馬上のロマの男が追いかけていく。男は鳥にしがみついて、いっしょに大空を飛びたいと思う。馬はそういう人間の思いに協力して、自分も空へ飛び立とうとしている。しかし、馬も人も、鳥のように空を自由に飛んで行くことはできない。鳥は馬と人の夢なのである。地上に居留のための空間を持つことをしない人々は、誰よりも激しく自由への夢を抱くだろう。そしてこの夢に呼び出されるようにして、『バトゥータ』はつぎつぎと、人と馬とが一体となって、諸存在の隔壁を破っていく、堂々たる「貧」たちの華麗なパレードを送り出していくのだ。

「人馬一体」ということばほど妖《あや》しい光を放つものはない。ジンガロのパフォーマンスにあっては、人が馬を完全にコントロールすることなどはおこなわれていない。馬たちは誇り高く、人間の騎手を背中に乗せていても、馬の生命の内部から世界をとらえるアフォーダンス的な「馬の世界観」を歪《ゆが》めることのない、自然な行動にしたがって走り続けているように見える。

そこでは、まるで馬の神経組織と騎手の神経組織が多くの部分でひとつにつながりあって、ジンガロが出現する以前にはけっして存在することのなかった、新しいキメラが生まれているようにさえ見える。

それをつくり上げているのは、馬と人との信頼関係であり、つまりは愛なのである。愛は諸存在が自分の同一性の内部に留《とど》まっていることを許さない。愛は世界を変容へと突き動かす。ところが、そこに貨幣が入り込んでくるとき、私たちの世界からは愛の可能性は阻まれていく。おたがいの信頼関係を貨幣の関係に置き換えていくことによって、私たちの経済的に豊かな社会はつくられてきたが、そのことのために人間が払った代償は、あまりにも大きかった。世界は変容への可能性を阻まれ、市場の動学だけが、見かけだけはめまぐるしく変化している世界をつくりだしている。しかし、そこでは世界は変化しているだけで、真実の変容などは起こりえない、巧妙な仕組みがつくられてきた。

空間には蓄積が起きるが、時間はそれを流動に変える力を持つ。グローバリズムは国境を越え、そして国境の上にできた幻想の空間に、人々の意識を密封している。グローバリズムは空間性の中に人を閉じ込め、情報につくりかえられた現実が、その空間性を再生産し続ける。

ジンガロが挑戦しているのは、そのように変容への可能性を閉ざされている、今日の世界の仕組みそのものなのである。馬はお金のことなどに少しも関心がないから、ただ繊細な愛だけが、人と馬との間に信頼の関係を生み出すことができる。これからの人間は、動物と協力することによってしか、この地球上で生き延びていくことはできないかも知れない。私はバルタバスというとてつもない一人のロマに率いられたジンガロの中に、堂々たる「貧」の思想に拠って立つ、未来への火花を見るのである。

猿まわしの哲学のために

人間と猿は、お互いにたいへんよく似ているが重要な違いもあり、生物界における双子のような関係にある。猿を上手に仕込めば、人間そっくりの仕草をさせられるが、その体毛の豊かさや二足歩行のぎこちなさを見れば、やっぱり人間でないことがすぐにわかる。似ているが違う、違っているけれども似ているという、こういう相手の存在や行動を目の前にすると、人は自然に笑いだす。しかし、「野生の思考」を生きていた古代人やいわゆる未開人は、そのことをとても危険なことと感じていたのである。

人類学の報告書には、猿について人々がいだいていた奇妙な考え方が、ときどき、なにげない調子で記録されている。たとえばマレー半島に暮らしている先住民オランアスリたちは、猿に向かって、まるで相手が人間でもあるかのように話しかけたり笑ったりする行為を、宇宙の順調な進行を乱すものとしてきびしく禁止していた（スキート『マレー半島の先住民』など）。レヴィ＝ストロースはこれを、「近親婚」を犯したときに発生するのと同じ「コミュニケーションの過剰した事態」として解釈しようとしている。

マレーのきわめて未開な多くの少数民族にとって、雷雨と嵐を狂わせる最悪の罪はひとまとまりの雑然として見える行為を含み、インフォーマントもそれらを無秩序に数え上げる。近親婚。父と娘、母と息子が身を寄せすぎて眠ること。親族間でのまちがった言葉づかい。軽はずみな談話。子供たちが大騒ぎして遊ぶこと。また大人たちが公的な集会であからさまな歓びを表にだすこと。ある種の虫や鳥の声をまねること。鏡に映った自分の顔を見つめて笑うこと。動物をからかうこと。とりわけサルに人間の格好をさせて笑い者にすること……。彼らは付け加えてこうも言う。本物の人間を揶揄するのは罪ではない、本物の人間なら抗弁できるので、と。明らかにこの解釈は、服を着せられて人間のように扱われ、からかわれるサル、（鏡に映った顔のように）人間の様子をしているだけでじつは人間でないサルにもあてはまる……。これらすべての禁忌は結局一つの共通分母に帰着する。それらはどれも言葉の濫用をなし、この名目のもとにインセスト禁忌、インセストを喚起する諸行為と一緒にくくられるのである。

（『親族の基本構造』青弓社）

猿は動物のカテゴリーに所属していながら、双子のように（あるいは鏡の像のように）よく似ていることによって、人間と動物を分離している分類の壁にかぎりなく接近して、ときにはその壁が乗り越えられてしまう事態を引き起こしかねない「境界性＝マージナリティ」を備えているのである。猿に不用意に笑いかけ、また話しかけることは、その「言葉の濫用」の行為によって壁が部分的に壊され、自然に内蔵されている過剰な力が、規則や体系としてつくられた文化をもつ人間の世界に、なだれ込んでくることを意味する。古代人のホーリスティックな感覚にとっては、それが宇宙秩序の混乱を引き起こすものとまで考えられた。

人間はそういう事態の発生を恐れて（畏《おそ》れて）、猿を特別な動物として扱おうとした。人間世界の外から侵入してくる畏るべき力を、どの民族もかつては「聖なるもの」と呼んだ。だから、猿は聖なる動物として扱われる資格十分な生き物であり、境界性をあらわす古代日本語「サッ」を含んだ名前にも、その感覚が示されている。

猿は動物界に生きる、我々の双子の兄弟なのである（ほかの動物では熊が、人間の双子として扱われていた例を、北方の民族誌にしばしば見い出すことができる。じっさい皮を剝《は》がれた熊の姿は、驚くほどに人間そっくりである)。それゆえに猿は、人間と自然を隔てている壁を、溶解させる魔力を潜めている。古代の人々は、社会を成り立たせる道徳として、猿をまるで人間のように扱ういっさいの行為を禁じた。しかし、その同じ社会が聖なる力(それは自然界にみなぎっている過剰な力をはらむ、「呪われた部分」にほかならない)に触れようとするとき、今度は道徳的な規則を犯して、猿に人間そっくりの行為を演じさせ、驚いたり、笑ったりしようとした。それはまっすぐに祭と芸能の発生につながっている。

こうしたことを考えても、猿を使う芸というものが、とてつもなく古くて深い人類学的起源を持つものだということがわかる。「古さ」については、はっきりしたことはわからない。しかし、「深さ」については、それがインセスト禁忌の犯しと同じくらいに根源的な、人類の心の深層に触れていると言えるだろう。猿に人間の格好をさせ、人間そっくりに振る舞う姿を笑うとき、私たちは知らず知らずのうちに、自らの心の境界領域に踏み込んでいるのである。自分そっくりな双子の兄弟を笑う。そこは危険な、過剰な力のみなぎる領域であり、だからこそ、古代や未開の人々は猿の芸を恐れかつ畏れ敬ったのである。

さて、やがて共同体の上に国家がつくられるようになると、どの共同体にも所属せず自由に移動していく生活形態をもった、境界領域の人々の集団が発生する。国家がつくられる前には、共同体が宇宙的な力を自分の内部に取り込もうとしておこなわれる祭のたびごとに、自分たちの中から代表者を選んで、媒介者となる神の役目をになわせ、境界領域から過剰な力が出現してくる様子を、演じてみせたものである。

ところが、国家の出現とともにあらわれたこの境界領域の人々は、はじめは有力な神社や寺の末端組織に組み込まれて、自分たちの境界性を表現できるさまざまな芸能を発達させていった。神社や寺が、神や仏の存在に臨場感を与えるためにも、境界領域のリアリティを演出するいろいろな仕掛けを必要としたからである。この人々はやがて、古代国家の解体とともに、列島各地に散っていった。

結果、中世に入るといきおいこの列島上では、自立した芸能者たちの活動が目に見える形で、社会の表面に浮上しはじめ、多くの記録文書類に、その痕跡《こんせき》を残すことになった。

ここから飯田道夫氏の『猿まわしの系図』(人間社)の世界が開始されるのである。猿まわしの芸は、ほかの芸能と比べてみても、その表現の原始性や野生において特出している。古代や未開の人々が感じていた強烈な「おかし(犯し、侵し、冒し、をかし)」の感覚を、ほとんど剝《む》き出しの形で保存している。猿の滑稽《こっけい》なしぐさを見て喜んでいる人々は、じつは無意識の中では、インセスト禁忌を破るのときわめてよく似た感覚を自分が味わいつつそれを楽しんでいることの、神聖なる冒瀆《ぼうとく》性に気づいていない。

この原始性や根源性のために、猿まわしには芸能としては不当に低い価値付けしかあたえられなかった。そのために、記録の中に散見する猿まわしの記事はまことに貧弱で、それらを体系づけてみようなどという奇特な研究者は、いままでめったにあらわれなかった。おまけに、境界性をになった人々を差別しようとする近世の歪《ゆが》んだ感覚から、日本人自身がなかなか抜け出せなかったこともあって、いまはなき村崎義正氏や弟の修二氏のような豪胆な魂の持ち主を例外として、自分の先祖の職業が猿まわしであったことを堂々と語りだす勇気もややもすると挫《くじ》けがちであったのが、この領域の研究をいちじるしく遅らせる原因となった。

しかし、猿まわしの研究は、日本人の精神史を解き明かすための、じつに重要な一領域をなしている。猿まわしはまさに「はじまりの哲学」としての神話の重要性にも匹敵する根源性をもって、単純で剝き出しの原始性と野生に輝いている。飯田道夫氏のこの研究が一つの突破口になって、人類的な普遍に直結している精神史の新しい領域が開かれていくことを、私は切に期待する。

人は熊を夢見る

熊と人間との付き合いは古く、日本列島でも旧石器時代からの歴史があります。狩猟民の縄文文化が発達した東北から北は、熊と非常に深いかかわりをもつ「熊の世界」でした。動物の王者であり、森の王者である熊は、人間にとって畏怖《いふ》すべき存在です。おそらく「熊＝クマ」と「神＝カミ」は古代日本語では同義でしょう。森の神様に尊敬の念を持って付き合わなければ、人間は森の動物たちを獲《と》ることもできない。そのために熊をとても大事に扱う一方で、人間は熊を狩猟します。畏敬しつつ狩猟する。熊は人間にとってとてもアンビヴァレント（両義的）な存在だったのです。

その熊との関係を、人間は神話を通して夢見てきました。北半球最強の陸上動物である熊の神話は、シベリアや北方民族に数多く存在します。彼らの一部がアメリカ大陸に渡り、今度はネイティヴ・アメリカンの神話となる。さらに南アメリカへ行くと最強の動物がジャガーに代わり、ジャガーの神話となるわけです。

シベリアには、仲間に置き去りにされた男が冬眠する熊のそばで眠り、熊の手についた蜜《みつ》などを舐《な》めて命を救われる、という代表的な神話があります。そう、まさにこの「冬眠する熊に添い寝してごらん」という舞台のタイトルのように。あるいは、人間の女性が森の中でイケメン熊に出会い、結婚する物語も多い。神話では自分の伴侶《はんりょ》が熊だと気づいても、まったく驚かないところが素晴らしいですね。姿形は人間と一緒ですが、家族の会話に「自分たちを狙う人間の猟師」の話などが登場するのを聞いて、「どうやら自分がやって来たのは熊の世界らしい」と理解する。彼らが外に出る時には、入口に掛けてある毛皮を着て、「熊になる」のです。

熊の世界で女性はとても大事にされ、やがて熊との間に子供たちが生まれます。この子供は双子のケースが多い。古代人は双子を神聖視すると同時に恐れてもいましたが、動物との間に生まれた双子は常ならざる力を授けられていると考えられました。

熊と結婚した女性やその子供は、熊の習性を知り抜いたうえで人間界に帰されます。どこでエサを獲り、どこで寝ているのか。優れた猟師は熊のフンから健康状態を察し、足跡から子供を孕《はら》んだメス熊かどうかを判断する。そうした手がかりを探し検証することに幾日もかけ、弓矢などの腕前がものを言うのは本当に最後の一瞬です。まずは相手の習性をよく知ることが肝心なのは、昔から人間同士の戦争も同じこと。相手をよく知らないから失敗するわけで、猟師は違ったのです。

また熊と結婚した女性たちは、子を孕んだ母熊や子熊を殺してはいけないという忠告も人間に伝えます。これが狩猟民の掟です。獲るのは冬眠から覚めた直後。狙うのはオスだけ。そして殺すからには、殺した熊を丁寧に扱うこと。そうすれば熊は毎年、人間に肉や毛皮を「プレゼント」してくれる。そうした神話が北方民には数多く見られます。

しかし人間と動物との結婚は、相当に想像力が豊かでなければ成立しません。また自然の中における人間の存在を謙虚に考えなければ、浮かばない発想でしょう。ではなぜ、このようなフィクションが作られたのか。それは熊を殺すことに対する狩人《かりうど》の衝撃が、あまりにも大きかったからです。狩猟民は仕事として冷静に熊を殺しているように見えるかもしれませんが、どんな動物であれ、仕留めると狩人は衝撃を受けるものです。シベリアの狩猟民も精神的に病んでいた人が多いと言われています。

その衝撃や罪悪感を解消する手段が神話でした。人間と熊は敵同士ではなく、本当は結婚もし、知識の交換もしている。熊を殺しているように見えるけれども、実際には殺したのではなく、熊が熊の霊の世界に戻っただけであって、肉と毛皮は人間にプレゼントとして残していくのだ、と。その証拠に、熊と人間との間に生まれた子供は、熊の習性をよく知っている優れた「狩人の王者」にもなっている――。そうした神話を作ることは、狩猟民にとって「癒《いや》し効果」がありました。

狩猟は人間が生きるためにやむを得ない行為です。動物も同じことをしますが衝撃は受けません。彼らは大きな自然の循環の中で動物を殺し、命をつなぐ。人間は火を持ち、武器を持ち、文化を持ったことで、ほかの動物たちとは違うレベルの存在になってしまいました。だからそういう人間が動物を殺した時には、ズシンと心に響くものがあるのです。

江戸時代になりマタギの世界に商品経済が入ってくると、熊の肝を富山の薬売りなどに売りさばくようになっていきます。つまり、お金のために熊を殺すようになる。心に罪の意識を抱えていたために、日本各地に動物の供養塔が建てられるようになりました。マタギは動物の霊を慰め、木を扱う木地師たちは草木塔を作って木の霊を慰めました。

アイヌのイヨマンテ（熊送り）は、それを大きな神話で包んだ儀式です。熊の霊を慰めるために盛大な儀式を行い、熊を神の世界に送るという考え方です。子熊を拾って人間の母乳で育て、大きく成長したところで殺して神様に捧《ささ》げ、饗宴《きょうえん》を開きます。

日本で熊と人間との関係をリアルに、そしてシビアに書いた作家は宮沢賢治《みやざわけんじ》でした。彼はグリムや北欧系の神話を多く読んでいたので、動物と人間との古くからの関係をよく知っていました。賢治本人はマタギと深く付き合っていたわけではないでしょうが、子供の頃にマタギの話も聞いたのでしょう。賢治が書く作品は、童話というよりも神話に近い。「氷河鼠の毛皮」では傲慢《ごうまん》な人間に対して熊がテロを起こし、「なめとこ山の熊」では熊が猟師に約束して自らの身体を与えますが、猟師はのちに熊に殺されます。賢治は、生物の中での圧倒的優位を疑わない人間に対する厳しい目線を常に持っていました。

やがて動物を殺す生活のたいへんさに耐えられなくなった人々は、農業を始めます。農業を始めると、動物との付き合いは疎遠になっていく。それでも東北は森林が深く、ほかの地方よりは動物との付き合いも濃厚でした。根菜を育て、山野草を採り、狩猟をして暮らしていた。もともと米づくりには向かない土地でしたが、米は肉と交換すれば手に入れることができました。しかし江戸時代には税金を米で取られることになり、否応《いやおう》なく米づくりの土地にさせられていきました。天候不順が続けば、すぐに大飢饉《ききん》に見舞われることは自明だったにもかかわらず。

そうして民話にはしだいに熊が登場しなくなっていきました。

熊は冬眠する間に夢を見ると言われています。その未来予知を熊と結婚した人間が聞き取り、人間界に戻って伝えるわけです。眠っている間は外界とのさまざまなしがらみは一切ない。人間も熊のように引きこもって寝てしまう時間が必要ですね。昔の女の人たちは家事をした後に、たいていはちょっと寝転がって休んでいました。今は「働く女たち」などとおだてられて、外に引っぱり出されては仕事をさせられ、夢を見ている暇もありません。現代人は「熊性」を失って、遠い世界のことを透視する夢を見なくなったようにも見えますが、ひまを見つけては私たちもせっせと冬眠いたしましょう。すると夢の中に、必ず熊が出現してくるはずです。

クマよりもたらされしもの――根源をたどる足跡をめぐって

――いまクマを特集として取り上げるというときに、ひとつはくまモンの大ヒットに代表されるマスコット的なクマの魅力があるわけですが、一方で中沢さんが二〇〇二年の『熊から王へ　カイエ・ソバージュ２』（講談社選書メチエ）で書かれたように――あれは二〇〇一年の９・11の前から講義としてお話しされていたわけですよね――、クマという存在と国というものの成立は深く関係していて、それが９・11をめぐる問題系にアクチュアルな意味を持っていたということがあります。奇しくもあれから十年近くが経って、二〇一一年三月十一日に東日本大震災が起こって、あらためてその部分がクローズアップされたように思います。今日は３・11後のクマと国の関係ということを中心にさまざまうかがえたらと考えています。

中沢　たしか『熊から王へ』にまとめられた講義をしている途中で、まさに9・11が起こったのだったと思いますけど、そのときに不思議な経緯があって、9・11の直後、『すばる』(集英社)に「絶対的な非対称」という文章を書いたんです。それは9・11の事件をどう捉《とら》えたらよいのかということで書いたものだったんですが、不思議なことに書いているときに実際に宮沢《みやざわ》賢治《けんじ》の本が書棚から降ってきたんです。そのなかに例の「氷河鼠《ねずみ》の毛皮」という作品が入っていて、パッと目に飛び込んできた。これがまさに9・11の問題を的確に看破していたんですね。人間が動物の世界に対して圧倒的な支配力を及ぼして管理してしまっていて、動物はきわめて貧弱な生存状態におとしめられている。地球上の生態圏に発生してしまった格差をどう打ち破るかを宮沢賢治は考えたわけです。あの物語ではクマがリーダーになってクーデターを起こすんですが、人間たちが乗っている北方行の快適な列車を乗っ取るわけで、動物側からのテロということを可能性として認めているんです。その際の動物側をまとめる神話的なリーダーとしてクマを立てている。この物語はいろんな意味で衝撃がありました。自分のなかにいままであった動物神話の問題とか新自由主義の問題とかが一気に結びついた気がしたんです。人間の世界に生まれつつある絶対的な格差の問題——当時、スティグリッツたちが「非対称」という言葉を使い始めていました——と、もうひとつ人間と動物の間にある絶対的に非対称な関係というのがあって、9・11の出来事の根底には、宮沢賢治の「絶対的な非対称」への態度と似たものがあるということに驚きました。そこからこの「熊から王へ」という講義が始まりました。自然界の首長（チーフ）としてのクマがいて、そこから人間界の首長（チーフ）である王が出現するわけですけど、そこで生じている飛躍や切断、弁証法というものを考えてみなければいけないし、この本の最後にも出てきますけど、クマがテディベアやプーさんのように子どもたちに近しい愛玩《あいがん》動物（ペットとは違いますけど）であることの意味、つまり畏怖《いふ》の対象であると同時にもっとも親しみを感じるアンビヴァレントな存在であることを考える必要があるんですね。クマは人間の想像力の根源に触れている動物なのであって、犬や猫よりもはるかに重要な存在だと思います。

――しかし、不思議なのは学問的にと言いますか、たとえばアイヌにおいてはイヨマンテが象徴するようにクマの神話や儀礼というものが多く伝わっていますけど、アイヌ以外の日本人にとってクマとの関係においてそこまではっきりしたものがないような気がします。そのあたり、どう思われますか？

中沢　ちゃんと明示されることが少ないだけで、マタギとクマの関係はものすごく深いものがありますよ。民俗学などではクマとのかかわりにおける膨大な彼らの経験や伝承が蓄積されています。フォークロアにクマは頻繁に出てきますし、他にも中世の縁起物のなかで神話的な神としてクマが登場してきます。だいたいツキノワグマなんじゃないかな。

――なるほど。９・11があらわにした新自由主義や絶対的に非対称な格差の問題、それは３・11が起こるまでの十年、あるいはそれ以降でいよいよふくらんできて、中沢さんの思考もそれにともなって非常に大きな広がりを得てきたと思います。そこでいまあらためてクマと国、王の関係を問うとしたらどうなるのかをうかがいたいのですが、その前にちょっと余談になるんですけど、私自身の話として３・11をめぐる不思議なめぐりあわせがありまして、三月一日に若狭《わかさ》のお水送りに初めて行ったんです。大島《おおしま》半島の付け根にある民宿に泊まったんですけど、そのときは特に意識しなかったけれどもあそこは原発銀座なんですね。

中沢　ニソの杜のある地帯です。

――それで三月五日にくくのち学舎の「くくのちはるまつり」で中沢さんの「はるのおがわの原理」という講演があって、そのとき新自由主義の問題を話すのと一緒に映画『ミツバチの羽音と地球の回転』を取り上げていて、その二日後に見たんです。３・11が起こる前に、それにつながる出来事を立て続けに享受してたという不思議があったんですけど、９・11に至る前から３・11、そしてそれ以降においても、クマと人間の王、国という強大な力との関係のなかで重大なことが進行しているのに、誰もそれに目を向けないでいざ気づいたときには大変なこ

とになっているというのがあると思うんです。

中沢　まったくそのとおりですね。「カイエ・ソバージュ」というシリーズの最終巻は『対称性人類学』となっているんですけど、「対称性」というキーワードを出して、たとえば経済学に「対称性」を導入するとどうなるかというようなことを考えた。新自由主義という資本主義の新しい形態の本質をどう捉えたらよいのかを、そういう概念装置を用いて考察してたわけです。国家と資本（金融資本）はどうかかわるのか、それが人間の共同体や生態圏にどうかかわってくるのかという全体の見取り図を「対称性」という概念をベースにして描き出せないかと思ったわけです。そんなことを考えるようになったのは、昔から『資本論』は何度も読んでいたんですけど、あの研究は商品から始まっているんですね。商品交換から始まるんだけど、商品交換は交換の原初形態ではないだろうと、モースやレヴィ＝ストロースを読んできた人類学者としては思ってしまうんです。では商品交換の前段階として贈与交換のようなもっと根源的なものを据え直さないと、現代の問題についてはマルクスが考えたスキームでは解決できないだろう。商品を出発点にしてしまうと、いまの金融資本の論理と同じになってしまうんです。そうなると社会主義は資本主義の単なるヴァリアントに成り下がってしまう。それと宮沢賢治のやり方は違うだろうと思ったんですね。そのために「対称性」という概念を据えた。特に関心があったのは、人間圏と生態圏、人間と動物の対称性ということを考えると、そこにクマが浮かび上がってきたんですね。クマと人間の関わりは旧石器時代からあって、現生人類が出現したころ洞窟《どうくつ》に住んでいたわけだけど、そこからクマの骨がいっぱい出てくるんです。「これはいったい何だろう？」というのが考古学の謎で、いまだに解けていない。クマへの崇拝がいつごろから起こったのかはわからないんですけど、南アフリカで九万年前のヘビを祀《まつ》った儀礼の跡が先ごろ発掘されていますでしょう。生と死を司る根源動物が南だとヘビだとすると、北半球では何になるかと考えるとクマが浮かび上がってくる。熱帯だとジャガーです。アマゾン神話を見ると、ジャガーがいっぱい出てきてシャーマンと一体化していく。アフリカやオーストラリアだと虹の蛇としてのレインボーサーパントです。これらとクマに共通しているのは、ものすごく強力であるということです。それから、森の奥や水の深いところに棲《す》んでいるということ。そこからしばしば人間の世界へ近づいてきて、時には人間を食ってしまったりもする。自然が持っている力の両義性をよく表していると思います。人間は森の恵みがないと生きていけない時代が長くありましたから、森の生命力を保持することに非常に敏感で、だいたい古いタブーは森にある生命の根源を減らさないことが重要だったんです。減らしちゃうと、そこから獲《と》れる動物や果実が引いていっちゃう。なにを犯すとそれが減るかというと、だいたい人間のセックスにかかわっています。過剰にセックスするとか無駄なことをすると、森が貧しくなってしまうんです。タブーをなぜ守るのかというと、別に人間社会の構造だけを守るためじゃなくて、森のエネルギーを保存するためでもあるんです。森には常にエネルギーが供給されるのですが、それは太陽から無償贈与されている。太陽から無償で贈与された過剰分が新しい生命として出てくるというのはアマゾンの神話を見るとはっきり哲学化されている。

森は人間にとってアンビヴァレントな場所で、豊かさ、生命の根源であると同時に人間の生活を破壊する力も秘めている。クマはその森の王者ですから、人間を殺す怖ろしさと、鹿や猪やさまざまな動物を贈ってくれる慈悲深さを持っている。「giver」＝与える存在なんですね。北方のひとたちのクマの呼び名を見ると「おじさん」とか「おじいさん」という言い方がよく出てくるんですけど、あれは親族構造における giver はおじさんだからなんです。おじさんというのはつまり嫁の兄弟で、自分たちの共同体に女性を与えてくれる存在なんですね。もっと大きく話をとれば、森はある氏族を超えて人間全体に富を与えてくれるわけで、だから「おじいさん」なんです。

――強大である一方で慈悲をもたらす存在ですね。

中沢　要するに神ですね。実証としては言い切れないけど、「クマ」と「カミ」は日本語では確実に同じ語源から派生しているはずです。

――ディズニー版の『くまのプーさん』のように、マスコット性を強調されたものでも、やっぱりクマと森というのは切り離せないものとしてありますからね。

中沢　人間とのかかわりにおいて、マスコット化する以前の前史が長いからね。

クマは最初見世物になりました。最初というのは、農耕社会ができて都市が作られますよね。そこに見世物師というのが出てくるんです。頽落《たいらく》した猟師というか、狩猟をやめて町で暮らして金儲けしようという猟師ですね。彼らが見世物興行を始めるんです。中近東一円にいた放浪芸人の系譜で、彼らはよくクマを連れて歩きました。これが全盛期を迎えるのがローマで、ローマの円形競技場はいろんなことをやっていますけど、重要なページェントとしてクマの曲芸がありました。あそこでは、奴隷たちが殺し合いをしたり、キリスト教徒をライオンに食わせたり、戦闘を主にやるんですね。円形競技場はローマ人にとって一種の境界、意識転倒の場所で、人間と動物の安定した格差構造を外しちゃう。奴隷とライオンがわざと対等の場所に置かれるわけね。普通、人間は都市という場所に守られているけど、円形競技場においてはわざと対称の状態を作るわけです。それで人間に「さあ、この状態でライオンに勝ってみろ。勝ったら奴隷でなくしてやる」って言う。ひどいよね（笑）。そういう場所にクマの曲芸が出てくる。

境界領域に一種の神話空間を作るわけです。そのなかで幻想的に対称関係を実現するための見世物をする。クマが立ち上がって、手のところに鈴を付けて踊るんです。そこで人間と動物の通常の垣根が崩れるのを楽しむんですね。見世物はたいてい幻想的に対称状態を作り出すもので、ゆえに神話と結びつくんです。神話はそのような言語装置ですから。このクマを連れた芸人は渡り芸人で、小屋を持ちません。ヨーロッパで一千年以上、放浪芸人として存在してきた。ロマ（ジプシー）という人々がいます。あのひとたちはもともとインドのフォックス・ハンターと言われたカーストの人たちで、インドグマという小さめの頭のいいクマがいるんですけど、曲芸を仕込むとよく覚えるんです。ロマのひとたちがクマの曲芸を巧みにやって、ヨーロッパ中の村や町を歩き廻《まわ》っていた。これは言ってみたら、日本の万歳《まんざい》と同じで、「ちゃかぽこちゃかぽこ～」と言いながら出てきて、穢《けが》れを祓《はら》う。お大尽の家に行って適当なお追従《ついしょう》を言う（笑）。あの存在は三河《みかわ》万歳の原形を見てもわかりますけど、「恵比寿」と言われている存在で、恵比寿って不具で生まれる子どもなんです。そういう格好をして出てくるものなんです。穢れを吸い取って浄化し周りを元気にする芸能なので、あまり立派なひとが出てきてはいけない。ヨーロッパのクマを連れた放浪芸人も同じ機能を果たしています。それから、クマの体型って人間の子どもに近い。だから子どもにとても人気があります。このクマの体型が実に大事で、

『熊から王へ』に、イヌイットとクマがお互い挨拶をしている絵がありますけど、クマの腰の円みが重要なんですね。たとえばなぜ日本人がゴジラに惹《ひ》かれるかと言うと、腰に秘密がある。爬虫類《はちゅうるい》の腰の部分が立ち上がったばかりの幼児を思わせるんです。

――完全に直立はしていないんですね。

中沢　もしゴジラが直立したらウルトラマンになっちゃう（笑）。クマも立ち上がったときの不完全さ、あの腰の円みがあるがゆえに、幼児的な無垢《むく》さと人間を超える圧倒的なパワーの両方を表している。本当に不思議な動物です。幼児であり森の王の子としてのクマが放浪芸人に連れられて、楽器を演奏したり人間と同じことをするわけです。これは犬とは違っていて、犬はただ「1＋3は？」と訊《き》かれて「ワンワンワンワン」って言うだけでしょ（笑）。

――幼児に似ていると言うのは、つまり不完全な人間に似ているということですよね。犬だとただ言われたことをするだけの動物だし、これが猿とかになってしまうと、より人間に近くなってしまって可愛げがなくなる。

中沢　そうなんです。猿は一般にクマよりもタブー感覚が強くなります。フレイザーの研究などを見ると、「猿を笑ってはいけない」とか「猿に人間の言葉を話しかけてはいけない」というタブーがよく出てきます。フィリピンのネグリトは猿に話しかけたら「お前は近親相姦を犯した」と言われます。猿は人間と動物の境界をいちばん侵犯しやすいので、逆に禁忌感がたいへん強いです。だから、猿に芸をさせるのは空恐ろしい行為だったわけで、それは日本の猿回しに対する禁忌感を見るとわかります。猿回しというのは普通の芸とは違うんです。クマは適度に離れている、離れているけど、立ち姿は人間そっくりに見える。それから猟師がよく言いますけど、クマは皮をはぐと身体は意外と痩せていて小さいんです。そして驚くことに女性のように色が白くて、まるで裸の女みたいなんです。これは古《いにしえ》から猟師たちが知っていたことだと思いますけど、そんなクマが毛皮を着てくれると適度に人間から離れてくれるんです。ところが猿の場合は近すぎる。だから強くタブーにしないといけない危険性があった。それに比べるとクマの芸は、村を言祝《ことほ》ぎに来てくれる祝福芸として有力なものでした。十九世紀までこの状態が続いたんですけど、十九世紀のヨーロッパにサーカスが作られるんです。これは大衆芸能における大発明で、見世物小屋というのはそれまでにもあったんですけど、そこにローマ風の円形劇場を作って、曲馬芸が登場してきた。ヨーロッパは十九世紀に頻繁に戦争があって、退役軍人がたくさん出てしまった。彼らの再就職先として曲馬団があったんですね。曲馬は馬の性質上、円形劇場が合うんですね。その円形から「シルクス(circus)」と呼ばれたわけだけど、そこに対称性の神話構造を持ったありとあらゆるパフォーマンスが集合してきました。道化芸、動物芸、それから人間が種を超えるかのような超人的な能力を見せるアクロバット……これらをすべて集めてものすごい神話空間を作ったんです。だから、文学者のテオフィル・ゴーティエを始めとして、十九世紀の作家たちはみんなサーカスに夢中になったんですね。ポエティックな想像力の重要な源泉はサーカスだったんです。そこでのいちばんのスターはクマなんです。ロシアにとどまらずどこの国でもサーカスの花形がクマでした。ヨーロッパはなんだかんだ言って、北方系の森の近くに住んでいますから、クマとの確執が長いんです。そういう意味で、クマの対称性芸はパフォーマンスとして第一等のものになる。クマのパフォーマンスの演出、調教においてはロシア人が群を抜いていたと思います。それがそのままボリショイサーカスへとつながっていくし、ボリショイからモスクワ五輪のミーシャまではすぐです。ソ連崩壊直前のボリショイを観たことがあるんですけど、やっぱりクマは格別でしたね。団長さんはクラウン（道化師）になるんですけど、二番手はクマ使いでした。また出てくる熊たちの美しいこと！　それは見事なものでした。クマの芸とバレエはロシア芸術の精髄だと思います。

ですから、宮沢賢治の想像力というのも北方世界につながっているんですね。北方世界の対称性思考、神話思考の体現者はクマだったんだろうと思います。そこからパディントンやテディベアが出てくるまではあと一歩です。

クマの示唆

——対称性の体現者としてのクマというところから、また9・11と3・11の話に戻ると、日本の生態系が変化してクマが里に下りる姿が多く目撃されるようになったのはいつぐらいからなんでしょう。

中沢　昔はそんなことはなかった。

——そうなんです。僕の印象だとやっぱり二〇〇〇年代に入ってから増えてきた印象があって、クマのキャラクター化と相即するように、霊獣から害獣へという流れが加速した感じがあります。

中沢　花粉症の発生と深いつながりがあると思います。植林の問題ですね。戦後、日本は広葉樹を斬って針葉樹に変えて、それを材木にするということを国家的なプロジェクトとしてやりました。しかしスギの森には下草が生えない。しかも広葉樹がなくなったのでどんぐりが少なくなってしまった。広葉樹を針葉樹にしてしまった弊害がいよいよ危険域に達したのがこの十年だと思います。花粉症が国民病になったのもこの十年でしょう。しかも、そもそも材木を輸出する、ないしは建材にするために植林したのに、日本政府はある時点で材木の輸入自由化をしてしまう、ほんと、ひどい話で（笑）。同じような話で、瀬戸内《せとうち》にミカンの栽培を奨励するんだけど、その舌の根もかわかぬうちにオレンジの輸入自由化をしちゃうんだよね。上関《かみのせき》原発誘致に反対している山口《やまぐち》県の祝島《いわいしま》がなぜあそこまで反対しているかと言うと、そのときの経験があるから。国の言うことなんてぜんぜん信用していない（笑）。祝島のおばちゃんは「政府の言うことに全部反対すれば、正しい生き方ができる」って言ってます。国は針葉樹に関してもオレンジに関しても同じことばかりをやっていて、木材を輸入自由化して、スギをどうするかと言ったら、何もケアしないんです。民間の山持ちのひとたちに丸投げしちゃう。でも、間伐材は売れないし、木材を運ぶ人足費は莫大、どうしようもない。それで放置するから森はどんどん荒れていく。さらにスギは保水力も弱いので地盤が緩くなる。水害が多発するようになっちゃう。先日、島根《しまね》・山口で激甚災害指定になった大水害がありましたけど、大きな要因としてやっぱりこの植林問題があります。

――その上、どんぐりやくるみといった恵みもないわけですよね。

中沢　食糧に事欠いたクマは里に下りてこざるを得ないし、里に下りてくると、冷蔵庫っていうものがあるんです。冷蔵庫を開けるとおいしいものがいっぱい入っているわけで、それは里に下りてきて撃ち殺されてしまう。クマが下りてこないようにするには山にどんぐりを増やすしかない。そのためには間伐材を運び出さないといけない、木材を使ったいろんな製品を日本人が自発的に利用すべきなんです。いま、建築材のほとんどは輸入材になっているので、箸とか民芸品、家具なんかを日本の材木で作ってくことをしなくちゃいけない。同時にスギを切って広葉樹に戻すことをしなければいけない。これは十年がかりの作業ですよね。でもそれをしなければ、クマの問題は解決しないと思います。

なぜ日本の材木ではなく輸入した材木を使うのかと言ったら、関税の問題であり、いま象徴的にＴＰＰ（環太平洋戦略的経済連携協定）が問題に上がっていますけど、それを導いている新自由主義的経済の問題があり、それがアラブ世界との間に格差を作りだし、それが９・11テロへと至った。クマが里に下りてくるというのは、実はそれだけ大きな問題とつながっています。東日本大震災によって、日本人が直感的に目覚めたのは、いままで自分たちが意識してこなかった広大な世界があるということだったと思います。知っていると思っていた海がまったく違った荒々しい相貌を見せて襲いかかってきた。それまで優しく慈悲深かった自然が突如逆襲してきて人間世界の内部を抉《えぐ》りとっていったというのは、森の奥に棲んでいたクマが里に下りてきて人間に危害を加えることと、規模は違いますけれど、本質はつながっています。人間界に来たクマを猟友会のひとが駆除しましょうとか言っているんだけど、それは十七mの堤防を建てて津波を防ごうというのと変わらない。自然の力が入ってこないようにブロックしようというやり方はダメなんだということを日本人は直感として学んだと思います。

——非常によくわかる話で、海や森という日本人が深い信仰の対象としているものは、どちらも平時は豊かな恵みを与えてくれるんだけど、時としてクマ（あるいは花粉も・笑）や津波というかたちで人間世界に牙を剝《む》くものなんですね。

中沢さんはそれ以前から、そしてそれ以後はよりはっきりと「対称性」という概念を軸として、『日本の大転換』（集英社新書）の刊行やニソの杜のシンポジウム、また小平《こだいら》市の都市計画道路建設への反対として國分功一郎さんなんかと「どんぐりと民主主義」というイベントをしたりとけっして派手ではないけれども着実な活動を続けられています。

中沢　震災以後の問題として原発事故というのはもちろんたいへん大きいのですが、僕の考えでは原発の問題はそれこそ森の問題や経済の問題、生態系の問題も含めて、全体としての現代が抱えている問題につながっている。その全体性を3・11で日本人は見た、それを象徴的に表しているのは「自然」という言葉だと思うんです。日本はそちらの方向に転換しなければいけないというのは若いひとから始まってかなりみんな深いところで感受したはずです。そこでどうするかというのはさまざまで、Iターンや U ターンで農村や漁村に行ったり、大量生産大量消費的な生活を見直してみたり、いろんな行動を取ろうとしている。それを「脱原発」というワンイシューに集約するのは、政治的なタクティクスとしてはあり得るんだけど、日本人が直感した何かからは的を外しちゃうんじゃないでしょうか。じゃあ、どうすればいいのか、もう一度3・11のときに直感したところの問題に帰ればいいんです。一見ささいに見えるけれども、ニソの杜や小平の問題を扱うことであり、今度、僕らは奥多摩《おくたま》の針葉樹を間伐して広葉樹を植えてどんぐりを増やすというプロジェクトを始めるんですけど、もちろん脱原発も含めてそういうことを総体としてやっていくことが必要だと思います

「環境」から「自然」へ

――國分さんとの対談本『哲学の自然』（太田出版）のタイトルにも「自然」という言葉がありますけど、これは森や海といった自然を表すのと同時に「自然主義」のような文学流派を表すのにも使われたりして、比較的日本人が馴染んでいる言葉としてある。一方で、いつごろからかわかりませんが、「環境」という言葉が学術的、思想的、あるいはビジネスの現場なん

かで急速に広まっていったということがあります。「自然」と「環境」というのは、似て非なるもののように思うのですが、いかがでしょうか。

中沢　「自然」に脱毛処理を施すと「環境」になります（笑）。真面目な話としても、「自然」という言葉には毛が生えていて、いろんな意味を孕《はら》んでいるんです。情報化不能なポエティックな次元を孕んだ正真正銘の言葉ですね。概念と言ってもいい。

――生々しい手触りがある。

中沢　それに対して、「環境」というのは科学概念で、「自然」が持っているポエティックな次元は削《そ》ぎ落としています。だからこそ、産業や広告、それから政策なんかとも親和性が高く接続しやすい。ところが「自然」はそんなつるつると薄っぺらなものではない。3・11のときに日本人が見たのはまさにそういう「自然」なんですね。それなのにいまだにそれを理解しないで、「生物多様性」というような言葉でこの深い問題がとらえられると思っている。「生物多様性」も「環境」同様、防腐処理を施された「自然」であって、「自然」を見くびって管理できると思っている言葉です。

――人間の理解の範疇《はんちゅう》に置くものですね。

中沢　理解というのは支配だから。けれども、本来の「自然」は「環境」や「生物多様性」なんてものからはるかにはみ出した部分を孕んでいます。それは言ってみれば「言葉」が「貨幣」よりもずっと大きなリアリティを持っているのと同じです。3・11のときに日本人が「自然」を直感したというのは、「言葉」の重要性を直感したとも言えると思います。だから、あれ以降日本人はみんな宮沢賢治のことを気にしている。賢治の言葉はあそこに書かれた以上に還元できない何かで、つまりそれが「言葉」だからです。一度起こってしまった以上、この体験は消えることはないでしょうし、それを思想家も詩人も文学者も表現しつづけていく義務があると思います。國分さんとの対談で「哲学の自然」と言っているのも、そういう考えに基づいているんですね。

――「自然」という言葉はこれからもっと復権すべき言葉だと思いますね。マルクスなどに現れているように哲学的にも非常に重要な意味を持つ言葉ですけれども、多様な意味があるゆえに、どこまでも細分化してしまって、そもそもの意義が見失われている側面があると思います。「自然主義文学」なんてありますけど、あれはゾラの自然主義とも違うし、どこが自然なんだと言いたくなります。

中沢　自然主義と同時期に登山文学というものが生まれるんですけど、これがなかなか曲者で。「自然」という言葉を平板化する装置として働いてしまったんじゃないかと、昨今の富士登山ブームなんかを見ているわけです。前も後ろも人ばっかりの行列状態で行く富士登山なんて、ちっとも自然じゃないでしょう（笑）。富士に登ったという達成感を味わいたいだけなのかもね。「自然」は達成感を得るような場所ではないのです。無限の襞《ひだ》ですから。

――「無限の襞」というのは重要なキーワードですね。山と言ったときに高さとか回数みたいなところに還元されがちですよね。しかし、森は入り口も出口も中心さえもなくて、無限にそこをさまようものです。また、波というのも始まりも終わりもなく永遠に寄せて返す無限のもので、それが日本人が本来「自然」に対して持っている感受性を象徴していると思います。

中沢　修験道は自然宗教の一番代表的な形態ですけど、あれはもともと高い山なんて登らない。羽黒山《はぐろさん》は別に高い山じゃないです。深田《ふかた》久弥《きゅうや》や田部重治《たなべじゅうじ》といった山岳文学の確立者がいますけど、彼らは最初は日本アルプスのような高い山を目指すんですね。それはヨーロッパ流の登山の影響なんですけど、ある時期から高山登山を避けるようになって低山歩きに徹するようになる。『山と溪谷』などに入っているそういう文章を読むと非常に感動的で、高山に登る楽しみは頂上の眺望を楽しむことだが、低山歩きの面白さというのは一歩一歩進んでいくごとに景色が変わっていくことだと言うんです。どこまで行っても新しい光景が自分の眼前に開けて、どこに目標があるとも定まらないまま歩いていけると。だから奥秩父《おくちちぶ》を歩きなさいと言う、それは高山登山をやってきた果てに辿り着いた思想ですね。これは登山をスポーツや冒険から解放して、哲学へ結びつけている。修験道がやっていることはまさにこれで、日本の登山思想は最終的にこういう自然の無限の襞に向かっていきます。

——クマは当然「自然」に属するもので「環境」なんかには棲んでないわけですね。だから、「氷河鼠の毛皮」にあるように、人間に対してテロを起こすくらいの存在なんですね。

中沢　「氷河鼠の毛皮」はその意味で現代の神話と言ってもよいかもしれません。レヴィ＝ストロースも「自然」という言葉をたいへん奥深いものとして使っていて、「神話」はその「自然」から湧きいづるもので、「環境」からはけっして生まれては来ません。「環境」から生まれるのは広告です。「エコロジー」などはえじきでしょう（笑）。

——そう考えるとやっぱりクマが人間に似てるというのは大きなポイントですね。それで気になるのが、クマは人間の言葉を解するか解さないかというところで、猿や犬は解しているようだけれどもどこか微妙なところがある、しかし、クマは九州あたりのフォークロアで人間の言葉を解する存在として遇されていて、クマが現れたら「ツキノワ」と呼びかけたら「あ、呼ばれた」と思って森へ帰っていくという民話があるんです。

中沢　「なめとこ山の熊」の元になったような猟師たちに伝わる伝承だと思いますけど、人語を解するか解さないかで言ったら、犬は相当理解します。意外なあたりだと鼠。マタギは鼠を非常に警戒します。狩りの予定を話しているのを聞いて、山の神にチクるから。それを聞いた山の神は獲物を隠しちゃう。だから、マタギは「ジャズ」を「ズージャ」と言うような独自の隠語、マタギ言葉で喋《しゃべ》るわけですね。鼠や犬のような人間と自然を媒介するような中間にいる動物はみんな人語を解するし、まあなんとなくいつも身近にいるから門前の小僧でそんなこともあるだろうと思うけど、クマは山の奥にいてめったに人間と触れあわないのに、人語を解すというのが、やはり神的な存在というか、深淵にして身近という不思議なあり方で人間と接しているわけです。

だから、クマの特集と言うと、キャラクターが可愛いっていうことになっちゃうかもしれないけど、本来は人類の文明の行く末を問うような、そういう大きな問題の象徴として扱ってほしいんです。

（聞き手・畑中章宏）

対称性の思考としてのアニミズム

アニミズムへの批判

科学の分野で「アニミズム」について語るには、よほどの注意が必要だ。この概念ははじめ西欧の宗教学と人類学の学者によってつくられたけれど、彼らは自分たちの心はもう完全にアニミズムから分離されている（乗り越えている）と信じていたので、この概念を使用しても、思考の中にそれがまとわりついてくるような事態にはならない、と考えていたようなところがある。ところが、日本人の場合には、なかなかそうはいかないのである。

じっさい、いわゆる日本的な思想や日本哲学と呼ばれるものの構造を、詳しく調べてみると、その根底に思考パターンとしてのアニミズムの構造が潜んでいるのを見つけ出すことは、そんなに難しくない。日本人の思考を近代哲学の形式を借りて語りだす日本哲学の試みがはじまったとき、仏教の概念語や思考法が大きな影響をあたえたことはよく知られている。そのとき、深いレベルでもっとも大きな影響力を発揮していたのは、天台宗の仏教哲学であったが、それは神仏習合的な雰囲気の充満する中世に発達をとげたこともあって、根底にはあきらかなアニミズム構造が充溢《じゅういつ》していた。そのために、西田幾多郎《にしだきたろう》の哲学がよりどころとする諸概念にさえ、その構造が潜伏しているのをたやすく見いだすことができる。

しかし、日本人の学者や物書きたちの中には、そのことを自分たちの弱点とは見なさないという居直りの伝統も、形成されてきた。それどころかむしろそれは、西欧文明を批判して、日本文化の価値を称揚しようとする人たちにとっては、なんでアニミズムで悪いのか、という「発想の転換」の要求さえみられる。とりわけ今日のように国際的な不況がもたらす資本主義の危機の本質をとらえるのに、資本主義が一神教の世界で発達して世界へ広まっていった事実を取り出して、かなり粗雑な一神教批判を繰り広げ、そこから翻って、多神教とアニミズム的基底によって立つ日本文化への称揚をおこない、日本的なアニミズムこそが資本主義経済と地球環境の危機からの脱出の可能性を持つと語りだす通俗的思考が、ひとつのパターンとして通用しはじめている。

私は、そのような思考パターンに与《くみ》する者ではない。西欧社会が、紆余《うよ》曲折はへながらも、資本主義ないし市場原理の全面化にたいする社会の側からの防御と抑止を試みて、いくつかの国では今日すでに危機からの脱却の可能性が見えはじめているのにたいして、アニミズムの日本原理の中からは、なんら実効力のある打開策もあらわれてくる気配が感じられない。それどころか、日本列島における環境破壊は、じっさいには近代テクノロジーと自然との乖離《かいり》を正しく認識しない一種の自然主義な技術思想や、国家と社会を分離しない権力に迎合的な自然主義的な政治思考の力をかりて、もはや取り返しのつかないほどの状態にまで進んでしまっている。こうしたもろもろの「自然主義」が、アニミズム的思考の変形態であることはまず間違いない。アニミズム的な心的構造から切れていないままに、その上に現代的諸構造を組み立ててきてしまった日本人の近代の歩みが、いまや限界的な状況にさしかかっているのである。

だから、アニミズムについて語ろうとするときには、よほど慎重でなければならないのである。とりわけ私のように、アニミズムの持つ豊かな可能性を語りたいと考えている者は、ジャーナリズムでもてはやされている退行的な思考パターンにはまることのないように、たえず慎重な警戒を怠ることはできない。退行的な思考パターンに陥ることを避ける最良の方法は、まずアニミズムの本質を正確にとらえることからはじめることである。「アニミズムとはこんなことである」と言って、これまで語られてきたことのほとんどが、正確な知識にもとづいているものでないだけに、このことは特に重要である。

アニミズムについての私の基本的な考えは、こうである。

このように考えてくると、もはやアニミズムを未開な非合理的思考とは、片付けられなくなるのではないだろうか。アニミズムは神話の思考と密接なつながりを持っている。そこからはトーテミズムのような社会制度もつくられてくる。二十世紀の人類学が明らかにしたように、神話の思考の背後には感覚の認識と一体になって動く、精密な論理の体系が働いている。神話が駆使するその論理は、科学や論理学がもっぱら用いている厳格論理とは違う仕組みを持ったメカニズムで作動しているけれども、最近の数学がしめしてきたように、そこには矛盾を包含できる柔らかいなり立ちをした別の形の論理が、きちんとした思考を可能にしている。

その神話の論理とアニミズムは、心の中の同じ部分を働かせている。そして神話が、宇宙の中で孤立している人間の現状に少しでも実りのある解決をもたらそうと、その柔らかい論理を用いて哲学的に思考しようとしてきたように、アニミズムはさらに直観的なやり方で、人間と非人間（ここには人間ならざるもののすべて、動物や植物から鉱物、気象、超自然の力までが含まれている）との間に、半物質的な絆を築き上げて、そこに確実な通路を確保しようとする努力を重ねてきたのである。

アニミズムをひとつの思考として、論理として、再評価すべき時代が来ているように、わたしには感じられる。

（中沢新一『鳥の仏教』新潮社）

アニミズムを人間の普遍的な心的構造の一部として、正しく位置づけてみる試みは、まだきちんとおこなわれたためしがない。宗教として表現されたものは、その普遍的な構造が特殊な平面に射影された像のようなものにほかならないのであるから、まずアニミズムを宗教から解放してみる必要がある。その上で、アニミズムの構造を正確に取り出してみると、それが意外なことに経済や社会や日常生活の細かい領域にまで、生きて働いている様子を見ることができるようになる。

果たして人類の心は、西欧社会がそう信じたように、アニミズム的構造から完全に自分を切り離すことができるものなのかどうか。あるいは、日本人の多くがそう信じたがっているように、アニミズム的構造を壊さないままに、現代的諸構造をその上に運営することなどが可能なのかどうか。この問いに答えることは、思いのほか現代性を帯びている。だいいち、アニミズム的な心的構造抜きで、人間は動物と倫理的なつきあいをすることができるのかどうか。

幻想としてのアニミズム

アニミズムは人間の心の基体構造をつくっている「幻想」と、本質を同じくしている。人間の心はほかの動物とちがって、幻想の構造を基体としてつくられており、アニミズムはそこに生まれる思考として、現実に対応するものをもっていないのである。たしかにアニミズムをあらゆる生命を結ぶ全体性と考えることにすれば、ほかの動物たちだってアニミズムを身をもって生きている、ということになる。しかし、動物たちはアニミズムを「生きている」のであって、人間のようにアニミズムの「思考」をおこなっているわけではない。

人間以外の動物は、巨大な生命の海を泳いでいる魚のような生き方をしている。ほかの生き物を客体化することもないかわりに、ほかの生命の存在を敏感に感知しながら、大きな生命のつながりを生きているのである。自分の姿をなにかに映して、「私」の像をつくることもしない。他者の存在を想像された像ではなく、リアルな情報の生きた集積体として感知している。彼らはいわばアニミズムの海に包まれながら、それを生きている。

ところが人間という生き物は、それを幻想の構造をもった心をとおしておこなう。人間の心は、自分の身体からも、またまわりの環境世界からも疎外された、過剰した部分を抱えている。

動物たちの心は、生きて存在しているという原生的疎外の部分を抱えていて、それゆえ死ななければならない存在なのだが、人間の場合はその部分がさらに決定的に拡大して、自分のライフスタイルを環境との相互作用（それをＤＮＡが調整している）では決定しない、自由な領域を心の中に抱えもっており、それはまず幻想あるいは想像界の活動としてあらわれるようになる。

動物たちはアニミズムの海を生きてきたのに、人間はもはやこの海の住人ではなくなってしまったのである。自ら海を出てしまったのか、海から追い出されてしまったのか、いずれにせよ、人間はもはや幻想の構造をとおしてしか、諸存在の間に交通を生み出すアニミズムの状態を生きることはできなくなってしまった。人類は数百万年もかかって、そういう状態に近づいていったけれど、最後の決定的なジャンプは二十万年ぐらい前におこなわれた、と考古学者は考えている。このとき出現した私たちの直接の先祖であるホモ・サピエンスは、こうして原生的アニミズムの海を直接的に生きることはできなくなり、幻想的構造を仲立ちにして、思考するアニミズムの海に泳ぎだした。

もちろん人間も生命システムなのだから、私たちは生命システムの部分では、原生的アニミズムの海につながれている。細胞組織も神経組織も、ほかの生物と同じ海につながりを持っている。しかし、私たちにはほかの動物たちにはない特別な心的構造があり、原生的アニミズムの海から疎外されたところに発生した心として、身体の内部にも環境世界にも直接の対応をもたない幻想構造を仲立ちとして生きている。その幻想の構造の内部で、外部環境やほかの生命体とのつながりを思考する、いわば「思考としてのアニミズム」は発生していると言える。

この思考としてのアニミズムは、人間の心の構造の内部に、じゅうぶん大きな幻想領域が確保されるようになった時点では、すでに確実な作動をはじめているように思われる。そういうことが起きたのは、上部旧石器時代と呼ばれる頃で、いまから十数万年前のことである。思考としてのアニミズム（これを以下では、「原生的アニミズム」と区別して、たんに「アニミズム」と呼ぶことにする）は、人間と動植物の間に通路やつながりを見いだして、それをさまざまな形で表現することをおこなう。じっさい、上部旧石器時代の洞窟《どうくつ》壁画には、動物と人間の合体した不思議な存在が描かれている。「シャーマン」の姿を描いたと言われてきたこの絵のおおもとになっているのは、人間と動物の間に相互変容の通路を見いだせるという思考であり、それは構造としてのアニミズムの思考を前提にしなければ生まれ得ない発想である。

こういうアニミズムの思考は、人間の心的構造の発生と同時に生まれたものとして、おそろしく古い歴史をもっていると言える。人間はこのアニミズムの心的構造をベースにしながら、その上にほかの生命とのつながりを思考してきたのである。ところが、このアニミズムはヨーロッパでは、キリスト教の導入以来きわめて不幸な取り扱いを受けてきた。とくに近代に入ると、科学的思考の発達とともに、アニミズムは知識人の間では、まったく信用を失ってしまった。

どこの世界でも庶民たちはごく普通の発想法として、あらゆる生命の間をつなぐ共通の「何か」があるという直感を抱いていたけれども、その庶民の子供たちであるところの知識人は、そういう思考法を愚かしい迷信のたぐいとして拒否してきた。その結果、人間と動物の間には深い超えられない溝ないしは壁が築かれてきた。そのことが、今日、地球環境とそこに生きる生命体すべてにとって、重大な帰結をもたらしてしまったのである。

アニミズムの思考は、動物と人間の関係にとどまらず、人間同士の関係、人間と環境世界の関係性の全体に及んでいく。思考としてのアニミズムは原生的アニミズムからの疎外として発生するものであるので、一般システム理論やオートポイエーシス理論などを拡張していっても、そのさきにアニミズムを発生させてくる可能性は生まれてこないように思われる。原生的アニミズムからのアニミズムの疎外を考える回路が、つくられていないからだ。アニミズムはたんなる情動や感情ではなく、ひとつの明確な構造をもった思考なのである。それは人間の心的構造のうちの幻想領域を土台として、そこにかたちづくられてきたひとつの思考の構造なのであるが、このことは生物学がまだ自分の中に取り込むことができていない巨大な大陸をなしている。

対称性の思考

近代科学がその価値をまったく認めなくなったこのアニミズムを拾い上げて、もっぱら研究してきたのが人類学や宗教学である。哲学者の中にも、レヴィ＝ブリュルやベルクソンのような風変わりな考えをする人々があらわれて、さまざまな検討を加えてきた。そこではたいていの場合、アニミズムを未開社会や古代社会における「所与」と見なして、その思考が人間と自然環境との柔らかい関係の構築にとって、いかに有意義な「効用」を果たしてきたかという点が、おもに現象の面から語られることが多かった。

つまり、そこでは人間の心の内部構造としてのアニミズムを解明し、それがたんに「未開の心性」などにとどまるものではなく、人間と動物、ひいては人間と環境世界との関係を思考する上で、それなくしては人間性さえ脅かされることになる「見えない構造」として作動し続けている、必要不可欠な幻想構造であることが、じゅうぶんに解明されたことはなかった。そこで、私はアニミズムを「対称性の思考」のひとつの現象形態として理解することによって、それが人間性のひとつの重要な徴《しるし》でもあることを、あきらかにしてみたいと思うのである。

対称性をめぐる私たちの思考は、『心的現象論序説』（北洋社／角川ソフィア文庫）の中で展開された吉本隆明《よしもとたかあき》の考え方にたえず触発されてきた。吉本隆明はこの著作において、生命を原生的な疎外としてとらえ、心的現象をそこからのさらなる疎外の領域としてとらえようとした。こう考えることによって、人間の心を生命過程や身体と外部環境としておこっている出来事から相対的に自由な領域として分離し、その上で生命システムからの過剰した部分とも考えられるこの心的領域の本質を「幻想」として理解して、この幻想の構造を取り出すことによって、心的現象の全領域の解明をめざしたのであった。

私たちは、神経組織のモジュールを超えて、いわばそれらを横断する形で、脳内を自由に活動することができるようになったこの疎外領域を「流動的知性」と呼ぶことにした。流動するものに、動的均衡の中からつくられる散逸的構造が発生する。その散逸的構造の内部に発生する流動的知性のおこなう作動の特徴を「対称性」として、取り出したのである。ここで言われている流動的知性は、人類の中でも私たちの直接的先祖であるホモ・サピエンスにいたって、はじめてそのコンパクトな脳構造の中に発生しえたものであり、いわば「疎外の疎外」として、動物的知性を拡張した領域に形成されてくる。

対称性の思考を直接とらえることはできない。表象をともなうフロイト的な「無意識」の活動を観察することによって、この無意識なるもののさらに奥のほうで活動を続けている対称性の諸活動のありさまを、推測することができる。そこではカオスではなく、あきらかに言語構造的思考とは別種の「思考」が遂行されている。その思考は、現実の世界構造とは合致していないから、「幻想」としての本質をもっていると言うことができる。そして、その幻想体は対称性の原理にしたがって、たえまない運動をおこなっている。

対称性の思考は、ものごとを分離するのではなく、つながりをつくりだし、全体のつながりの中にものごとを包み込みながら思考する。ものごとの間に違いを見いだすのではなく、違いの中に共通するものを見いだそうとする。つまり、ホモ・サピエンスの心として発生した流動的知性は、知性としての本体をもち、その本体からたえまなく放出される力の運動をおこないながら、あらゆるものごとを包摂していく全体性をそなえ、この「本体—力の放出—全体の包摂」という三身（Trikāya）の構造をそなえていることが、推測される。

ここから、対称性思考のいくつもの特徴を取り出すことができる。言語的知性はものごとをシャープに分離して、切り出す能力を持っている。ところがその言語的知性のおおもとである対称性の思考では、この宇宙にはひとつとして分離した個性をもった個体などは存在せず、個性や個体と見えるものも、環境世界との境界に近づいていくにつれて、しだいに外の世界の諸力と混交しあった中間領域をつくりなし、いつのまにか別の個性をもった個体に入り込んでしまっているという現象がおこる。対称性の思考に、「あなたは誰?」と聞けば、それは「私はすべてのもの」と答えるだろう。ホモ・サピエンスである人間の心の中では、このような対称性の思考と言語的知性が協力しあったり、反発しあったりしながら、「人間の心」という現象をつくりだしている。

あきらかにアニミズムは、この対称性をもって作動する人間の心的構造の、もっとも直接的なあらわれにほかならない。この思考では、人間は自分のまわりの環境世界すべてとのつながりの直感の中で、「私」の存在というものを考えようとしている。「私」は「私」という個性であると同時に、ヤムイモであり、オポッサムであり、岩であり、宇宙をつくりあげている「すべてのもの」である、というオーストラリア先住民の考え方は、こうした心的構造から生まれてくる。そして、もっとも人間らしい「人間の心」をもった人々は、自分と「すべてのもの」とのつながりを考えるだけではなく、さらにそれら動植物や鉱物や水や風の存在にも、責任を帯びているのが人間としての徴であり証であると考えた。

対称性の人類史

アニミズムはひとつの心性であるから、折々の物言いや配慮や感情となってあらわれてくることはあっても、それが体系的な表現をとるということは、めったにおこらない。それでも「小さな宗教」ともいわれる民間信仰的なしぐさや行為や造形などが、アニミズムの心性なしにおこなわれることはありえない。アニミズムはいたるところにいるけれど、じつはどこにもいない、という不思議なあらわれかたをする。

そういうなかで、アニミズムとそのおおもとをなす対称性の思考を、もっとも組織的な形で表現してきたのが「神話」である。大きなまとまりをなす神話も重要だけれど、まるで断片のような形で残されている神話的思考の破片も、それにおとらず重要である。そこには対称性の思考が、ほとんど生の形であらわれているからである。

今日私たちの知っている神話というものが、いつごろできたかはわからない。十九世紀から一九三〇年代にかけて人類学者によって研究されてきた、いわゆる「未開社会」は色濃く新石器社会の特徴を残していた。そのために、そうした社会で語られている神話を、新石器時代の語り物と考えても、問題はあまりおきないだろう。『古事記』や『日本書紀』に記録されている神話の中には、こうした「未開社会」でつい最近まで熱心に語られていた神話とほとんどそっくりなものが、いくつもある。日本列島の新石器時代と言えば、縄文時代のことをさしているわけであるから、記紀の神話には縄文的要素が残されていることも、間違いがない。

旧石器時代の人々が、どういう神話を語っていたのかは、残念ながらわからない。それについてレヴィ＝ストロースなどは、旧石器時代と新石器時代の間の過渡的な中石器時代に、いま私たちに神話として知られているものの原型ができたのだろうと推測している。いま神話と私たちが呼んでいるものは、おそらく、旧石器時代におこなわれた神話的思考の諸要素を取り入れながら、中石器時代に組織化をほどこされ、新石器時代にさらに整えられたものであろうから、その中には旧石器時代の思考法の特徴も保存されているはずなのである。

そうした神話の中でも、オーストラリア先住民の語る神話と古アジアと呼ばれる北方民族の語る神話の中に、とりわけて古い要素の残存が感じられる。それらの神話群には、ほかの新石器的神話と少し違った肌合いが感じられる。そこでは、人間と動物とが、ほとんどひとつながりの存在として語られているからである。

オーストラリア先住民の神話には、このひとつながりの感覚が、じつに大胆に表現されている。人間のみている夢がそのまま動物の夢となり、夢は現実とひとつながりになって、諸存在の間につぎつぎと通路が開かれてくるのである。それによると、人間はヤムイモのみている夢であって、人間の存在とヤムイモは夢の通路をとおして、ひとつながりになっている。そして、彼らはこのひとつながりの感覚を抱いたまま、現実世界を生きている。

北方民族の神話でも、熊と人間の間にはたいした違いはない。アメリカ先住民の神話のように、よく発達した新石器型神話では、動物が人間の美女に変身してあらわれ、誘惑された男が動物の世界にまぎれ込んでしまうという話が語られるが、北方神話に出てくる熊と人間の間にはほとんど壁らしきものがないように描かれている。

ここから推測できるように、発生したばかりの状態の旧石器時代の神話では、対称性の思考が前面にあらわれていて、個体性をもった諸存在の間を縦横に流動していきながら、「すべてのもの」をつないでいく思考の運動そのものが、神話となっていたのではないか。そこでは、対称性によって作動するアニミズムの心的構造が、そのまま神話を生み出す原理となっている。こう考えてみると、アニミズムや神話という概念そのものが、トーテミズムなどと同じように人工的につくられた概念であって、実在しているものではなく、それらすべての背後には、対称性の思考という見えない構造が、唯一の実在として働いているのではないか、と考えることができる。

ところが新石器革命以後、人間は動物の世界との間に生み出された非対称性を、巨大なシステムに発達させようとしてきた。神話的思考を破壊して、対称性の思考を無意識の領域に抑圧することによって、言語的知性の支配する非対称性の世界を、つくりあげようとしてきたのである。新石器文明は自らの内部から都市というものを生み出し、都市型の文化と社会を発達させてきた。そこは非対称性を根本の原理とする、新しいタイプの人間の集合空間であり、人間と自然の間に築かれてきた伝統的な回路は、都市の中の生活では必要のないものとして、閉ざされていくことになった。

その結果、人間と動物の間には飛び越えることのできない深い溝が穿《うが》たれ、高い隔壁が築かれ、動物たちの心が何を感じ、何を望んでいるかということにたいして、ほとんど感受性を失った社会が形成されてきたのである。とりわけ食料となる家畜動物たちの心の内面にたいしてまったくの無感覚でいられるための思考メカニズムが、組織的に発達してくるようになった。ここからは、あらゆるタイプの他者にたいしての想像力の欠如を組織化した、無慈悲な世界が形成されてくるまで、あと一歩である。

対称性の回復に向けて

このように考えてみると、たとえばいま経済の世界で起こっている問題なども、対称性から非対称性へ向から、このような運動の最先端にあらわれている現象であることが、見えてくるのではないだろうか。市場社会では、あらゆる交換が貨幣を媒介にしておこなわれるようになる。あるいは、そうなることをめざして、社会全体が自己形成をおこなっていく。貨幣を媒介にした交換は、交換をおこなう当事者双方の間に、分離と非対称性を持ち込んでしまう。交換関係の中から「数」が発生し、「計算」が発生する。そして計算可能性は、相互間の対称性構造を破壊してしまうのである。

物理学に「対称性の自発的破れ」をめぐる理論があって、量子的レベルでたえまなく対称性が壊れ、非対称性が発生して、そこから物質世界の構造がつくりだされてくる過程が、見事に描かれているけれど、ことによると人間の心的過程にも、それとよく似た「対称性の自発的破れ」のメカニズムが存在しているのかも知れない。

その「破れ」をつくりだす最大の要因をなしているのが、おそらくは言語の構造であろう。ホモ・サピエンスが用いている、あるいは用いてきた、あらゆる言語のシンタックスは同じ深層構造をそなえている。そこはすでに、対象の分離をおこない、時間軸にそって（非対称的に）言語素を配列していく規則群が、深いレベルにセットしてある。言語的意味は、日常的用法に関する限り、非対称性の原理を仲立ちにしながら発生している。言語と貨幣の間にみいだされる多くの共通点なども、このあたりのことに深い関わりがありそうである。

つまり、人間の心的構造には、対称性の思考を自発的に破ることによって、それを無意識として抑圧して、その上に言語構造にもとづく非対称性の思考を築き上げていこうとする、強力なメカニズムが働いているのかも知れない。アニミズムの思想は、この非対称化の力に抗して、人間の心的構造の中で作動をおこすのである。心的構造が言語構造にそって、世界に分離的秩序を生み出そうとするのに抗して、幻想構造の内部から対称性の原理が立ち上がる。そして、情動の回路を巻き込みながら、他者との絆を回復しようとするのである。

動物は他の動物の生命や感情の状態を敏感に察知するけれど、人間の場合とは異なる霊妙な生物的システムで、それをおこなう。人間は同じことを、なかばは生物的システムを用い、なかばは幻想の構造を仲立ちとするアニミズムの回路をとおしておこなってきた。人間の心的構造の内部で、もしも対称性の思考が働かなかったとしたら、人間の心に他者への共感も哀れみの感情も、ひいては人間的愛情すら、発生することはできないのではないだろうか。

対称性をめぐるさまざまな問題は、これまでは人類学や民俗学あるいは精神分析や心理学の領域でだけ、とりあげられてきた主題だった。しかし、市場経済に翻弄される今日の世界の前線地帯でおこっている問題のほとんどすべてが、「圧倒的な非対称」の生み出す歪《ゆが》みに関わっていることは、しだいに誰の目にもあきらかとなりつつある。そして、自然にたいする「圧倒的な非対称」の関係が、地球環境をめぐる問題の核心部にあり、また人間と動物の関係にも深刻な歪みをもたらしている。

それゆえ対称性について語ることは、今日、緊急の課題となりつつあるのだと、私は思うのである。人畜共通感染症やＢＳＥなどの病気は、動物の世界から人間に向けられた「テロリズム」なのではないか、という恐れを抱くことが必要である。テロは隔壁ができあがり、双方の間のコミュニケーションが閉ざされるところに発生する。私たち人間が、いまいちど謙虚になってアニミズムの深い思想に思いをいたし、人間と動物との間に築き上げられてしまった絶望的な隔壁を崩していく努力をはじめないかぎり、これからも動物たちは捨て身になって、ウイルスをまき散らしながら、絶望的な戦いを挑んでくるのではないだろうか。しかし、アニミズムは人間と動物が同じ地球に仮の宿りを得た仲間同士であるという真実を、人間に伝えようとしてきた。その教えに静かに耳を澄ますときにだけ、私たちには希望の歌が、かすかに聞こえだす。

神話と構造

「ふゆまつり」の神々

高千穂《たかちほ》神楽《かぐら》のようなお神楽は、広い意味での「ふゆまつり＝冬祭」の一環としておこなわれる儀礼舞である。ふゆまつりは古い時代の北半球の各地で、冬至を中心として、十一月頃から始まって極寒の季節に二か月も三か月もかけておこなわれた、とても重要な祭りだった。この祭りはユーラシア大陸全域で、さまざまに形を変えておこなわれていた。

ふゆまつりの基本的な精神というのは、どこでもだいたい同じで、弱まっていく太陽の力が底を打って、これからしだいに昼の時間が長くなり、熱と光を回復する時期を選んで、太陽の死と再生を主題にしたさまざまな儀礼や祭りがおこなわれる。これから春に向かって、見えないところで新しい生命の誕生が準備される。生命の増殖（「ふえる」の古語「ふゆ」）が始まる時期である。そういう生命増殖の主題と、太陽の死と再生の主題が重ねられたところに、いろいろな表現形態をもつ、ふゆまつりというものがつくられた。それは冬至を中心とした冬祭であると同時に、生命の増殖に関わる「ふゆのまつり」でもあったわけである。

ふゆまつりの思想は、ユーラシアの各地で、同じ構造をした儀礼や祭りをとおして表現された。たとえばヨーロッパの民俗で、それは「十二夜」と呼ばれるクリスマスを中心とした祭りにはじまって、早春のカーニバルから復活祭にかけての祭りまで延々と続く、長大なキリスト教の祭礼サイクルとして実現されたが、それにはキリスト教以前からずっと続けられてきた、古代的なふゆまつりのシナリオが、原形として採用されている。

古代以来のふゆまつりに、聖書に書かれているイエス・キリストの生涯の物語を重ねることによって、キリスト教の祭礼が重層構造としてできあがっている。この重層構造の下の層で、すべてを決定しているのは、太陽の運行である。冬至に弱まりきった太陽の力が、春分に向かってしだいに回復していく。太陽運行がしめすこのリズムに、イエスの「神話」が重ねられる。冬至の頃に地上に生まれた聖なる生命は、地上の活動を果たしたあとに、死してのち復活をとげて、人類に真理をもたらす太陽に生まれ変わるが、その季節は昼と夜の長さが中庸のバランスを実現する春分の頃である。

このように、ユーラシアの各地で、冬至から春分にかけて、太陽の死と復活、性の結合と新しい生命の誕生を表現する、さまざまな祭礼がおこなわれた。このうち冬至をはさんだ時期におこなわれる「ふゆ」の祭りの一環として、日本列島に移住してきた人々によって、神秘的な神々の舞が演じられてきた。原日本人は、太陽の死と復活の主題を生命の増殖と結びつけるとても印象的な神話を、南方の原郷の島々から運んでもってきた。太陽の神がなにかの出来事をきっかけにして、洞窟《どうくつ》の中に姿を隠してしまう。世界は闇に閉ざされ、あらゆる生命が萎縮してしまう、由々しい事態がもたらされる。神々は閉ざされた扉を「開く」ために、知恵を出し合う。名案が浮かんだ。大笑いをすれば、口という口が大きく「開く」。女神が激しく舞えば、身体の秘密の場所が「口を開く」。神々の作戦はみごとに功を奏し、洞窟の扉を開いて、太陽がこの世界にふたたび姿をあらわしたのである。

この神話は、環太平洋の各地に伝承されている。海民によって日本列島にもたらされたこの神話のヴァリアントは、古事記や日本書紀には少し上品なかたちに変形されて記録されているが、それがもともとは太陽神（女神）の死と復活と、それに結びつく性と生命増殖を主題とする神話であることは歴然としている。神楽の舞は、冬至に結びつく「ふゆ」の祭りを構成するさまざまな要素を、この太陽神話で統一したところに生まれたものである。

日本列島にたどり着いた人々（原日本人）は、ふゆのまつりにとりわけ神秘な感覚を抱いていた。古い時代には、死霊と神々の区別はそれほどやかましくなかったので、先祖の霊がそのまま共同体にとってもっとも重要な神でもあった。その神＝霊が生者の世界に出現するのが、ふゆの季節であった。ふゆの季節には、世俗の時間の進行がとまって、神話的な無の時空間が、人々の前に開かれる。その無の時空間に、神＝霊が、おごそかに出現してくるのである。

神＝霊は鬼の姿をしている。鬼は自然の霊力の化身でもあり、先祖霊でもある。先祖霊としてこの鬼は、火の自然力を制御して、人間の世界に文化の火をもたらしてくれる存在でもある。太陽の力がもっとも弱まった季節に、人々は盛んな火を燃やして、過剰なぐらいになった火の自然力を、鬼である先祖霊が統御しにあらわれてくる。花祭や冬祭や霜月祭の名前で知られているこれらの「鬼の出る祭」（おもに愛知と静岡と長野の県境地帯でおこなわれている）は、古事記や日本書紀などの神話を背景にもたないぶん、ふゆまつりのより古い形態をしめしているように思われる。

こういうふゆまつりの古い形態の上に、記紀神話の物語をかぶせて、一編の舞踏劇に仕上げたのが「神楽」と呼ばれている儀礼舞である。そこでは記紀神話の中でもとりわけ海民的要素の強い、「太陽の死と再生」の主題と「性と生殖の儀礼」の要素が取り出されて、舞踏劇に構成されている。文化神であるアマテラス女神が、弟の自然神スサノオの乱暴（制御できない自然力）に怒って、洞窟の中に隠れてしまう。太陽を失った世界は、暗黒に閉ざされてしまう。困った神々は一計を案じて、アメノウズメ（渦の女神）の女陰をさらけるほどに激しい舞踏と、エロチックなその舞踏が爆発させた哄笑《こうしょう》の力によって、閉ざされた扉を開いて、ふたたび太陽を出現させることに成功する。性の笑いは調理の火と同じように、火の自然力を開きかつ統御する能力をもつという考えが、この神話には表現されている。

この「岩戸神話」のくだりは、もともとが「太陽の死と復活」と「性による生の増殖」という古いふゆまつりの思想と一体になって語られてきたものであるから、ふゆまつりの儀礼にあたって、この神話の部分が舞踏劇に仕立てられる可能性は大いにあった。しかし、ふゆまつりのもうひとつの大きな主題は「死霊＝先祖霊の神秘的な出現」という部分にあったために、それを舞踏劇に仕立ててしまうと、話がうまくできすぎていて説明的で、なんとなく神秘感が浅くなってしまうきらいがある。ようするに、ふゆまつりの思想の表現としては、神楽舞の舞踏劇はどことなく浅さを感じさせてしまうのである。

ところがこのような印象は、高千穂や米良《めら》の山村に伝えられている神楽を見たとたんに、根底からくつがえされてしまう。ほかの地方で伝えられている神楽には見られない深遠な要素が、九州山中に伝えられるこれらの神楽に、組み込まれているからである。ほかの地方の神楽では、主題の扱い方がいして農民的であり、自然にたいする農業技術をもった文化の優位が表現されている。ところが、高千穂神楽などの構造はもっと複雑で、狩猟文化と農業文化がほぼ対等な扱いを受け、自然の神秘がずっとなまなましい臨場感をもって、表現されている。

これらの神楽が伝えられている地帯は、縄文的文化のルーツをもつ狩猟文化の盛んなところで、獲物としての動物を人間に与えてくれる（贈与してくれる）山の神にたいする、手の込んだ儀礼が伝えられている。「米」を与えてくれる農業はその狩猟の文化に囲まれながら、かろうじて自分の文化的優位を保っていたにすぎない。そういう文化の中で生み出されてきた神楽舞は、ふつうの農業世界の神楽舞よりも、重層的で深みをもった作品を生み出したのである。

高千穂神楽には、濃厚なセックスの描写がひんぱんに出てくる。演出がなまなましいのである。これはしかし考えてみれば、稲のような植物の生命を扱っている農民と、動物たちの生殖を身近に観察している狩猟的な文化の人々の性にたいする感覚を比べてみれば、とうぜんのことである。「生命の増殖」というふゆまつりの思想を表現するとなれば、花粉の受粉ではなく、動物の子宮内でおこる事件を、なまなましく表現することになるからである。

また、高千穂神楽には、変形された「翁」も登場してくる。これは記紀神話にもとづくほかの神楽にはない要素である。鉄の刀を両手に持ち、おそらくは稲穂の象徴を身につけていただろう、男性の神々が四方の空間を鎮めていく様子が、くりかえし表現されている。これは、狩猟文化のまっただなかに稲作文化という「文明の灯」をたずさえてやってきた、この地帯の開発指導者であった「先祖の霊」を表現する演出である。彼らは、稲作と鉄器をもってこの地帯にあらわれ、文明化の基礎を据えた。この先祖たちは開発の神々として、世界に秩序をもたらそうと、大地を踏みしめながら舞った。その様子が、神楽のなかに再現されているのである。

稲と鉄器をもったこれらの神々は、仮面をまとわず、素面でおごそかな行進の舞を演じる。この人たちは、九州の山中で生活していた狩猟民のところに、開発指導層として入り込んできた弥生《やよい》系のじっさいの人々をあらわしている。彼らは地元の民と結婚をおこない、ハイブリッドな子孫をふやしていった。そのハイブリッドな歴史が、これらの神楽のなかにくっきりと痕《こん》跡《せき》を残している。

プレート上の神話的思考――コルネリウス・アウエハント『鯰絵』

1

「鯰絵《なまずえ》」を見てまず心を打たれるのは、そこに表現されている江戸庶民の知性の高さである。大震災を体験した現代人として、私はそのことにことに深い感銘をおぼえる。

一八五五年旧暦十月二日の夜半に、江戸の町をマグニチュード六・三と推定される直下型地震が襲った。地震とその直後に発生した火災による死者の数は推定でも数千人を越え、倒壊した家屋も一万数千軒と言われる。将軍家のお膝元《ひざもと》で、武家と言わず町人と言わず多くの人びとが被災した（その中には倒壊した家の下敷きになって亡くなった思想家の藤田《ふじた》東湖《とうこ》のような重要な人物もたくさん混じっていた）。その大震災のわずか数日後のことである。いまだに余震は鎮まらず、町中がくすぶりを続けているさなかに、鯰絵なるものが江戸市中に出現した。安価な木版刷りで、秀逸な戯文を書いた作家もユニークな絵を描いた画家も未詳。しかし震災直後の江戸の町でそれは大人気となり、今日確認されているものだけでも軽く百種を越える鯰絵が、短期間のうちに印刷され、飛ぶように売れた。

その鯰絵を前にして、そこに表現されている知性のたくましさ、洒脱《しゃだつ》さ、高さに、驚かされる。そして同じ大震災を経験した現代日本人との知性における大きな落差に、気づかされることになる。大震災を体験したあと、現代日本人は「絆《きずな》」だとか「復興」だとか、平板なボキャブラリーを動員しての紋切り型の思考しか生み出せなかったのではないか。そのため大震災があらわにした現実を前にして、大きな広がりと射程をもった根源的な思考で、それを受け止めることがほとんどできなかった。人間も自然の一部分にすぎないという真実が、そういう思考には深い実感として組み込まれていない。ようするに私たちには人間のことしか見えていないのである。

それにひきかえ、鯰絵をとおして江戸の庶民たちが表現した土着的なリスク思考のなんと深く豊かであったことか。地震や火災で縁者を失ったものもあったろうし、焼け出されて着の身着のままの人びとも多かっただろう。そういう庶民が、ウィットに富むこれらの鯰絵を手にして、悲しみに打ちひしがれながらも心には微笑をたたえているのである。鯰絵には自分たちを襲った災害の張本人である自然が、名指しで糾弾され批判されている。しかし、庶民はその張本人を恨むのでもなく敵意を持つのでもなく、災害をもたらす自然の本質を理解した上で、知性とユーモアをもって、乗り越えがたいほどの困難を乗り越えようとしているのだ。江戸の庶民には、人間が自然の一部分であることが、はっきりと自覚されていた。そこからぎすぎすしたところの少しもない、感傷性に溺《おぼ》れることもない、こうした知性豊かな表現が生まれたのである。オランダの一人類学者に感銘を与え、とうとう一冊の大著までものさせることになったのも、おそらくは鯰絵に表現されているそのようなうるわしい特質であったのだろうと、私は考える。

＊

鯰絵にそなわったこのうるわしい特質は、人間と自然を対等にとらえ、ひとつの統一体をなすものとして考えようとする「対称性の思考」から生まれている。これにたいして現代人に大きな影響をもっている科学的思考では、自然を人間から分離して、客観的な対象物としてとらえる「非対称性の思考」を発達させているので、地震のような自然の現象と人間的な世界の現象とを、別々に考える習慣がついてしまっている。そのために、自然に起こった出来事とそれがために人間に引き起こされた出来事を、一つの統一的な視点から思考するということができずに、自然のことは自然のこと、人間のことは人間の問題として、分離して処理される傾向が強い。

ところが鯰絵では、現代人が分離してしまう人間の領域と自然の領域とを、統一的な視点から思考する試みがなされている。大地が大きく揺れ動いて地震が起こった。地震は人びとの日常の暮らしを直撃しただけでなく、社会に大規模な資本の流動化を発生させ、ひいてはそれが封建体制の命脈をも縮めることになった。地震は自然と社会と経済と国家に、ひとしなみに大激震をもたらしたのだ。この出来事の総体を、鯰絵では「鯰の行為」という概念を仲立ちにすることによって、一つの全体として思考しようとしている。

鯰は川に暮らす動物として、自然の領域に属している。しかし鯰は昔から庶民にはなじみの深い生物で、調理されて食卓に上ることもあれば、絵やお話の主人公にもなってきた。この鯰を思考の主人公に据えることによって、鯰絵は自然界と人間界をまるごと一つの全体としてとらえ、そこに起こった災害の複合的な意味をあきらかにしようとしているのである。

地震の起きた原因を鯰の不埒《ふらち》な行いにあるとする鯰絵的思考を、地震はプレートの跳ね上がり現象にもとづくと説明する科学の思考に比較してみると、そのことがよくわかる。大地の底に潜む巨大鯰の身体の一揺れで地震が起こったと、鯰絵が言っているからといって、江戸時代の大人たちが蒲焼《かばや》きにされることもあるあの鯰魚がほんとうに地震を起こしていると本気で考えていたと思うのは、素朴すぎる考えである。現実の鯰と表象の中の鯰とは、彼らにあってもはっきり区別されていた。その区別の上に立って、現実と想像が入り交じった心の中の「キアスムの空間」が動き出すことによって、鯰絵の中の「鯰」が一つの概念として立ち上がっているのである。

地震というものが、科学的思考のするようにたんなるプレートの跳ね上がり現象に還元されると、「地震」という概念はそこで成長を止めてしまう。そうなるとプレートの運動は人間世界の事象にとっては外部的な要因となり、地震が資本の流動化と封建体制の動揺をもたらしたと言っても、そこに潜伏しているはずの内在的な論理が示されることのないままに、外部的な因果関係としてよそよそしく処理されてしまうことになる。

江戸の庶民はそういうよそよそしい世界のとらえ方を好まなかった。彼らは出来事全体の意味を「鯰」という概念を登場させることによって、統一的に理解しようとしている。鯰＝概念はさまざまな領域の出来事の意味を、まるごとつかみ取るために案出されたものである。鯰は人間の姿で描かれることもある。そうなるとこの概念は、いっそう生き生きとしたダイナミズムを発揮するようになり、たんなる情報の「アンサンブル」からジル・ドゥルーズの言う「アサンブラージュ assemblage」への変容を起こし、いよいよ多様な領域へ接続の触手を伸ばしていくようになる。

人間の姿をした鯰の中で、自然現象としての地震と人間の世界の事象とは、一体のものとして思考される。すると鯰が通底器となって、自然と人間の間に自在な行き来が発生できるようになる。地震の後いわゆる「震災特需」が起こって、材木商人をはじめとする建築資材を扱う商人たちが大もうけをし、大工、左官、瓦《かわら》職人などの職人たちには仕事が殺到した。ところがその一方では、それまで富豪を誇っていたお大尽たちの中には、屋敷の倒壊や火災によって、溜《た》め込んでいた富を失ってしまう人びとも多く、大震災のあとの江戸にはたくさんのにわか成金が出現することになった。

大規模な資本の移動や流動化が発生し、ストックされていた富が一気にフローに転じたのである。この経済の流動化は、鯰が自分の頭を押さえつけていた要石をうまい具合に取り外すことに成功し、身体を一揺すりすることによって、大地の安定を突き崩してしまったことで発生したものである。大地の安定が崩れて、経済の均衡が崩れたのである。鯰絵が主張するこの思想では、人間の経済も自然の一部分としてそこに包摂されており、自然に起こる変化はさまざまな媒介を介して人間の経済に目に見える変化をもたらす。

この鯰絵的思想は、自然災害や環境危機などを、あくまでも経済にとっての「外部要因」であるとして処理する現代経済学とは、真っ向から対立する考えをあらわしている。鯰絵では、動物が人間の姿であらわれて、対等な立場で議論や交渉の場にあらわれている。そこでは自然にも発言権があたえられ、人間はその発言に謙虚に耳を傾けるという、対称性の倫理を実践している。この対称性は、人間的行為の代表格である経済にも及ぼされて、自然の動きと経済の動きが同じサイクルの中で、たがいに強い影響を及ぼし合い、人間の経済が自然を無視して自分勝手な暴走に陥らないように制御している。これは現代の経済の考えが失ってしまった視点である。

鯰絵の図柄のあの魅力は、人間と自然をめぐる対称性の思考が生み出したものである。その意味では、大都市江戸の庶民の間から生まれたこの表現を、人類に普遍的な「神話的思考」の産物とみなすことができる。人間を自然の一部分と見なし、人間と自然を対等なものと見るデモクラティックな対称性の思考から、神話という表現は生み出されてきた。神話は人間と自然を深いところで通底させている「第三の空間」から、人間の営為を見つめる思考である。その思考は人間からも自然からも離脱している空間から発せられている。

そのために神話には人間を「外のまなざし」から眺めるようなある種の客観性が宿ることになり、その距離感から独特のクールさや軽みやユーモアが生まれることになる。偉大な哲学者たちはそのクールさを、自分たちの「哲学」に求めてきた。しかし神話はもう何万年も前から、それをあたりまえのこととして実践してきた。

それと同じ感触のクールさとユーモアを備えた思考が、鮨絵には充溢《じゅういっ》している。大震災に見舞われたあとの人間の世界を眺め渡し思考しているのは、自然のものでもあり人間のものでもある「第三の空間」そのものに内蔵された知性である。その知性が鮨絵を描かせている主体である。現代の私たちには、その知性が欠けている。

2

オランダの人類学者コルネリウス・アウエハントに深い感銘を与え、激しい情熱をもってその研究に向かわせたものこそ、鯰絵に備わったこのような特性であった。アウエハントは鯰絵を生み出しているのが、人類に普遍的な神話的思考そのものであることを、ライデン国立博物館にあった鯰絵コレクションをはじめて見たそのときから、はっきりと見抜いていたのである。

アウエハントが学んだオランダの人類学では、ほかのどこよりも早くから、このような神話的思考の表現を解読する方法が開発されていた。オランダの人類学者たちは二十世紀の初期から、おもにインドやインドネシアをフィールドにして、フランスのデュルケームとモースが提出した「分類の社会的起源」や「贈与論」をめぐる大胆な仮説を、確実な現地資料にもとづいて実証しようとする研究に乗り出していた。その過程でオランダ人類学に独特な「構造論」の方法が開拓されていったのである。それはレヴィ＝ストロースの「構造人類学」に先行すること二十年余、ヘルト、ラッセルス、ヨセリン・デ・ヨングらによる社会構造や神話をめぐるオランダ的構造論は、時代に先駆ける優れた成果をつぎつぎと生み出していた。

インドネシアを中心とするこの地帯は、「二元論 dualism」の考えにもとづく社会構造や世界観を発達させている。人間の社会と宇宙の全体を、右―左、男―女、上―下、陸側―海側、優―劣、白―黒などの二元的な対立項を組み合わせることによって分類し、それをとおして秩序の感覚をつくりだす。右、男、上、陸側、白などの観念が集まって、左、女、下、海側、黒などの観念の束に優越することによって、非対称的な秩序がつくられるのである。二元論はこの地帯のものの考え方を支配していて、村全体の構造が、東西軸や南北軸によって二つに分けられ、おたがいの間に対立と互酬関係が形成されていたり、儀礼の場でその対立が喧嘩《けんか》騒ぎを引き起こすほどに激しい形で表現されたりもする。

しかしそういう社会では、世界の全体が強い二元論でかたちづくられている分、二元論を解消して世界に対称性を回復しようとする欲望も強い。とくに神話や文学や祭礼の中で、「いまある世界の秩序を壊して、原初の状態に連れ戻す」ことをめざす、対称性への強い欲望が表現される。そのために、インドでもインドネシアでも、いわゆる「トリックスター」という神話的な形象がさかんに登場した。トリックスターは二元論による秩序を覆す存在である。そのためトリックスターの中では、上と下、右と左、男と女のような対立項が渾然《こんぜん》一体となっている。秩序を作りだす原理とそれを壊して原初に連れ戻す初期化の原理とが一体となった「カオスモス」の構造こそが、トリックスターのイメージをつくった。

オランダの人類学者たちが強い関心を寄せたのは、この秩序をつくる二元論の原理と、それを乗り越えようとするトリックスターの原理との弁証法にほかならなかった。彼らはインドの叙事詩『マハーバーラタ』やアメリカ先住民の神話に出現してくるトリックスター的な形象を、インドネシアの事例と比較することによって、神話的思考の普遍的な仕組みをあきらかにしようとする構造論の研究法をうちたてようとした。しかしその試みは、第二次世界大戦中の混乱と戦後におこったオランダからのインドネシア独立運動の高まりの中で挫折《ざせつ》し、それ以後大きな注目を集めることもないままに、オランダ国内のローカルな知的伝統として、アウエハントのような若い人類学者にその方法が伝えられていくにとどまった。

この構造論の伝統がよみがえるのは、ようやく一九五〇年代後半のフランスにおいてである。構造言語学の精緻《せいち》な方法を身につけたレヴィ＝ストロースは、神話的思考が二元的な対立項とその媒介のメカニズムによって動いていることをあきらかにする有名な論文を書いた（「神話の構造」『構造人類学』みすず書房、所収）。この論文は生物学の領域で同じ頃発表されたクリックとワトソンによるＤＮＡの二重らせん構造の発見を告げる論文とよく似た衝撃を、人類学や文芸批評の世界にもたらした。

レヴィ＝ストロースは自分の用いている方法に「構造人類学」という秀逸なキャッチコピーを与えた。それはたちまち世界的な知的流行となり、そのためによく似た考えにもとづく構造論が、ずっと以前からオランダで発達をとげていたという事実は、ほとんど気がつかれることのないままに、神話の構造論と言えばフランス製のそればかりがもてはやされる時代が続いた。

ライデン大学で人類学と東洋学と日本学を学んでいたコルネリウス・アウエハントは、この「オランダ構造人類学」の伝統の中に身を置きながら、「フランス構造人類学」の出現をも目撃していたのだった。彼には両方の構造人類学の特徴がよく見えていた。東洋学や日本学の研究領域には、二元論の思考法がよく浸透しているので、神話のみならず哲学や図像の分析などにも、オランダの知的伝統が発達させた分析方法が、大いに有効に働いた。しかし、レヴィ＝ストロースのそれは、より一般的な「野生の思考」のメカニズムをあきらかにするものであったので、二元論が表立ってあらわれていない対象にも威力をふるうことのできる自在さを備えていた。アウエハントの中には神話的思考をめぐる二つの知的伝統が同時に流れ込み、カオスとなって渦巻いていた。そのカオスは自分を表現できる対象を求めていた。そのとき日本からもたらされた鯰絵が、とつぜん彼の前に現れたのである。

＊

鯰絵を眺めているうちに、アウエハントはそこに登場してくる鯰の姿こそ、オランダ人類学の先輩たちがそれを理解するための方法を体系的に開発してきた、あの「トリックスター」形象そのものであることに気づいた。地震をもたらした張本人として鯰絵に描かれている鯰は、そこで古い秩序の破壊者にして世直しをもたらす創造者として表現されている。この鯰が身体を一揺れさせたおかげで、秩序の均衡が崩れて、それまで抑えられていた力が一気に流動をおこしはじめた。そしてそこから徳川《とくがわ》幕府のほんとうの解体まで引き出されてしまった。民衆の想像力の中で、鯰は世の中を一新するまぎれもないトリックスターの働きをしたのである。

神話的思考は世界を安定の相の下に見ない。安定や均衡が保たれているのは、この世界の表層での見せかけの出来事にすぎない。表層の下には流動する力の層がたえまない運動を続けている。それゆえ世界の本質は矛盾なのであると考える神話は、流動する深層部の力と表層部の秩序をつくりだそうとする力のせめぎあいの中から、浮き世の現実はつくられてくると考えるのを好んだ。

ましてや日本列島は（インドネシアの島々と同じように）大陸プレートと太平洋プレートのせめぎあいの上にある「揺れる大地」なのである。そこに生きた人びとは古くから、自分たちの生活する列島が、海底に住む巨大な怪物の背中に乗っているために、深層に動揺を抱えた不安定な土台の上にあると思考していた。大地が安定しているのは、深層で流動している力を押さえる秩序の力が働いているからである。「揺れ動くもの」が、世界の真実をかたちづくると神話は考える（この考えは興味深いことに、アメリカ先住民の野生哲学からフランスの哲学者ベルクソンが引き出した世界像でもある）。その揺れ動きをピンで止めて、しばし静止した秩序の島の上に、私たちの現実はつくられているにすぎない。だから浮き世は仮想なのだ。こうしてプレート上の列島に生きた人びとは、地下に潜む鯰の怪物とそれを押さえる秩序の力＝鹿島神との

「カップル」でできた世界像を、そこに生み出していったのである。

日常の世界は、揺れ動きから生み出される均衡の上になりたつ。地震がその安定を破壊して、隠されていた世界の真実である「揺れ動くもの」を地表に浮上させた。この「揺れ動くもの」の世界の表面への浮上を、鯰が表現しているのである。隠れていた力が突出してくる様子は、鯰や人間化した鯰である鯰坊主の特徴である「突き出した目玉」であらわされる。そして突如として噴出した流動によって、それまであった均衡的秩序は壊されて、大地の下に隠されていた力が飛び出してくる。

地割れした大地からは、しばしば金属の鉱脈も出現してくる。山師たちの古くからのこの体験は、商業経済の発達した江戸の庶民の想像力によって、お金の噴出に変形される。大地にストックされていた金属が、地震によって地表に出てくるように、既得権益者のもとにストックされていたお金が解放され、新しい再分配をめざして市場に流れ出してくるのだ。均衡的秩序から流動性へ。この運動を率いていたものこそ、鯰のイメージをとおして江戸の人びとがとらえようとしていた、変化をつくりだすなにものかの力にほかならない。

アウエハントの分析は、鯰絵が含んでいる重層的で多様性に富んだこうした意味の層を、あますところなくあきらかにしていった。オランダ構造人類学の伝統は、彼の仕事をとおして、新しい生命を得てよみがえった。インドネシアやアメリカ先住民の神話世界をフィールドに鍛えられた人類学の思考が、大地震に遭遇した日本人の生み出した神話的思考に出会って、ふたたび奮い立ったのである。「揺れる大地」の上に生まれた神話的思考には、なんとも不思議な力が秘められていたものである。

3

アウエハントは「鯰絵」についての大研究を仕上げたあと、短い「スサノオ神論」を書いただけで、それ以後は沖縄の民俗社会のフィールド調査に没頭することとなり、二度とこのような構造論の研究に立ち戻ることはなかった。かわって「鯰絵」に秘められた主題を引き継いでいったのは、意外なことにレヴィ＝ストロースその人であった。

『神話論理』全四巻を完成したあと、レヴィ＝ストロースは休む間もなく北米北西海岸に住むインディアン諸部族の神話研究に向かった。この地帯に住むインディアンのことは、フランツ・ボアズ以来のアメリカ人類学によって詳細に研究されていた。そこに蓄積された膨大な報告にもとづいて、レヴィ＝ストロースはすでに「アスディワルの武勲詩」などの注目すべき研究を発表してきた。

レヴィ＝ストロースはよほどこの地帯のことが気になっていたらしく、その後もキャンピングカーに寝泊まりしながら、仮面の美術を調べたり神話の故地を訪ねる旅もおこなった。その彼にスイスの出版社から、仮面をテーマにしたきれいな絵や写真の入った本を書きませんか、という依頼がきた。彼はそこで迷わず、この地帯に伝承される「地震を引き起こす仮面の神」をテーマとする本を書くことにしたのであった。

北西海岸のヴァンクーヴァー島沖の海底には、北米プレートの上に太平洋プレート（ファン・デ・フュカ・プレート）が重なり合う巨大なトラフが南北に走っている。そのため日本と同じようにこの地帯はしばしば大地震と津波に襲われる。とくに一七〇〇年にこの地を襲った大地震の記憶は、伝承をつうじていまも生々しく伝えられている。ここにはクワキウトゥル族、ハイダ族、サリッシュ族などの多くの先住民部族が住んでいるが、彼らが伝える神話にはとりわけ地震をテーマとしたものが多い。

地震の発生に責任をもつとされる神を、彼らは「スワイフウェ」（これはサリッシュ族の呼び方。ほかの部族も類似の名前でこの神を呼んでいる）という名前で呼んでいる。スワイフウェ神はみごとな仮面で表現されるが、その仮面は大きく突き出した目と舌を特徴とする。この仮面を着けた踊り手が、激しく身体を揺すりながら踊ると、世界には霊力がみちあふれるばかりではなく、ときとして地震を起こすと言われている。

またスワイフウェ神は地中に内蔵された金属の銅と深い関係をもつ。地震によって崖《がけ》崩れが起きると、そこに銅の鉱脈が顕《あらわ》れることがよくある。この地帯に住む先住民にとって、銅は最高の価値物をあらわす。ポトラッチでも銅でできた大きな板を所有することが、威信の象徴とされている。その銅の出現を掌握しているのが、スワイフウェ神なのである。

レヴィ＝ストロースは『仮面の道』と題する書物に結晶することになるこの研究を進めるにあたって、以前から気になっていたアウエハントの『鯰絵』を読み直してみた。そして彼はあらためて目を見張ることになる。日本人が大震災のあとに生み出した鯰絵に表現されている観念と、北西海岸インディアン諸部族に伝承されている地震を引き起こす仮面の神スワイフウェをめぐる諸観念との間に、驚くべき並行関係が見出されたからである。

北西海岸インディアンは、目や舌の突き出た神を地震と結びつけて考えている。地震は大地に潜む力が、地上に向かって突出してくるときに起こる自然現象であると考えていた彼らは、力の突出と激しい震動を表現する仮面の神を、地震と結びつけたのである。これは日本の鯰を思い起こさせる。鯰は大きく突き出た目をもった魚であり、この特徴は鯰絵でも強調されている。そのことはとりわけ鯰が「鯰坊主」として戯画表現されるとき、はっきりと表にあらわれてくる。歌舞伎の「にらみ」の芸を思い起こさせる鮍坊主は、まん丸い眼を開いて、外に向かって内面の潜在力を突出させている。

スワイフウェ神はまた魚の世界と深い関係をもっている。この仮面神はオコゼ魚によく似た赤い大カサゴ魚を友達としている。オコゼと大カサゴと鮍は分類学的に近縁の関係にあるが、日本の伝承における別のタイプの大地神である「山の神」は、なによりもオコゼ魚を好むと言われている。アウエハントが分析するように、地震神としての鮍はこの山の神と深い関係をもっている。鮍は山の神を介してオコゼと結びついているのだ。ここにも両地域の神話的思考におけるめざましい並行関係が見出される。

スワイフウェ神
（レヴィ＝ストロース『仮面の道』
新潮社、1977年より）

金属の出現ないし露頭のテーマともなると、並行関係の緊密さはピークに達する。スワイフウェ仮面は、人間に銅を与えてくれる神である。先住民は地震で崩れた岩肌から銅の鉱脈を見つけ出し、それを精錬して最高の価値物に造形した。江戸の人びともそれとよく似た思考をした。地震によってそれまで富を溜め込んでいた富豪たちが没落して、貨幣の流動性がいちじるしく高まり、小商人や職人がバブルに沸いた。この現実を、江戸の庶民は「地震を起こして申し訳ない」と切腹した鯰の腹からあふれでる大判小判や、海の怪物である鯨が潮吹きといっしょに吹き上げる貨幣や宝物として表現した。すでに貨幣経済の社会となっていた江戸では、富の出現は貨幣につくられた金属の流動として、思考されていたわけである。

ほかにも『鯰絵』と『仮面の道』の深い結びつきをしめすテーマ群は、細部にまで及んで見出すことができる。このことは鯰絵では表面にあらわれないようになっている、もう一つの隠れた項を表に持ち出してみると、もっとはっきりする。レヴィ＝ストロースは目の飛び出したスワイフウェ仮面の神の「双対（dual）」として「ゾノクワ神」という女神を取り出している。スワイフウェ神とゾノクワ神は、まるで中国の神話的思考の言う「陽」と「陰」のように、対立しながら相手を補完しあっている。地震を引き起こす神が、飛び出した目をしていると、ゾノクワ神は落窪《おちくぼ》んだ目をしている。一方が舌を突き出しているのに対して、もう一方は舌を隠して開いた口をしている。スワイフウェ神が富を地表に引き出してくるのに対しては、ゾノクワ神は家族の「宝物」である子供をさらっていく。

鯰絵にはこのような鯰の「双対」は、表立っては表現されていない。しかしアウエハントは

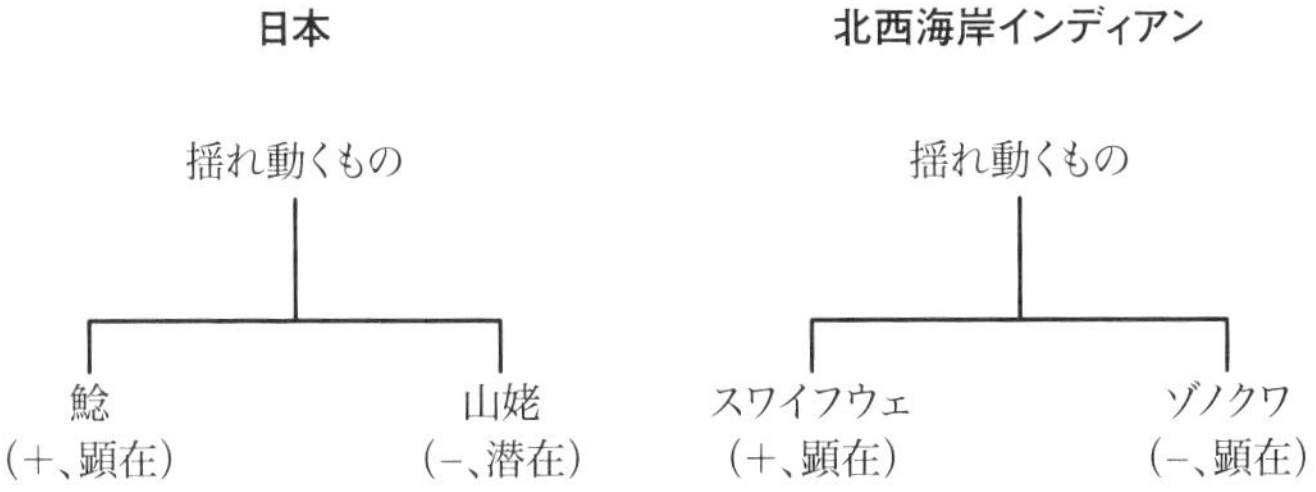

鯰の表象を取り囲むさまざまな民俗的テーマ群として、はっきりと鯰の「双対」を明示しているのである。それはさきほども言及した山の神に関係した「山姥《やまんば》」の主題である。山姥は文字通り「山の女神」をあらわす。この山姥をめぐる日本の伝承には、山姥が人の目から隠れることを好み、金属を食し、性格はきわめて嫉妬《しっと》深く、子供をさらったり山中で人知れず子供を出産し育てる（坂田金時《さかたのきんとき》の伝説を思い出していただきたい）存在であることが、興味深く語られている。

この山姥を鯰の「双対」として明示すると、日本の地震伝承と北西海岸インディアンの地震伝承との並行関係は、驚くべき一致を見せることとなる。違っているのは、ゾノクワがスワイフウェの顕在化した「双対」であるのに対して、山姥は鯰の潜在的「双対」であるという点だけである。

「揺れ動く大地」であるプレート上に生活を営んだ人間は、地理的に遠く離れていても、文化的伝統が違っていても、神話的思考においてはほとんど同一の論理をたどって、それぞれの表現を生み出したのである。構造論を駆使すればこのような比較の範囲は、さらに拡大していくことができる。南北のアメリカ大陸から日本列島とその周辺諸島へ、さらにはフィリピン群島からインドネシア諸島へと、環太平洋世界の全域に向かって、このような比較を推し進めることができる。それればかりではない、中国南西部からビルマ、チベットにかけての地震多発地帯にも、鯰絵的、スワイフウェ的な神話的思考の仲間を見出すのは難しいことではない。

『仮面の道』には、じつに広大な視点を開く可能性がひめられている。将来において、地震をめぐる神話的思考の環をあきらかにするこのような研究が実現されたとしたら、その時代の人びとはそこでも、すべての出発点がオランダの人類学者によるこの鯰絵研究の書物にあったことを、思い起こすにちがいない。

東京どんぶらこ

お金のかからない高級さ——世田谷区山下

都内を走る電車路の中でも、下高井戸《しもたかいど》と三軒茶屋《さんげんぢゃや》の間をつなぐ世田谷《せたがや》線は、とりわけ魅力的である。二両仕立ての蛙のような色をしたクラシックな車体（いまはこの旧型は走っていない）が、両脇にまるで細長い庭園のような緑のベルトを豊かにたくわえた線路の上を、市電並みのゆっくりとしたスピードで、軽やかな走行音とともに、走っていく。動きだしても、すぐにつぎの駅があらわれてしまう。せかせかと追われることがなく、乗っている人たちも、どことなくゆったりしている。万事につけて、鉄道というものにつきまとう大仰なところが、まるでない。私はそういう世田谷線が、とても好きだ。

なかでもいいのが、山下《やました》駅のたたずまいである。プラットホームがそのまま、昔ながらの商店街の一部になっているような構造をしていて、一歩外に踏み出すやすぐさま、巨大な金魚の水槽と不思議な商品ばかりを並べた、電気商のショーウインドーの前に出ることになる。その向かいには、珍しい形をした帽子をたくさん置いてある帽子専門店、並びには気位の高いネパール人のやっているカレー屋が、おいしそうな匂いを振りまいている。この駅をふだん利用している人たちにとっては、見慣れた風景なのだろうが、私にはこの駅のまわりの光景が、まるでシュールレアリスムの絵のように見える。

この小さな町は、北沢川《きたざわ》のほとりにつくられている。その川はいまでは暗渠《あんきょ》になって、手入れの行き届いたかわいらしい公園道路となっているが、烏山川《からすやま》（これもいまは暗渠）と並行して流れながら、世田谷のもっとも世田谷らしい風景をかたちづくってきた。松原《まつばら》の高台から降りてきたあたりだから山下というのか、それとも南に続く豪徳寺《ごうとくじ》と中世の山城であった世田谷城の背後（このあたりが世田谷の発祥地である）にあるから山下というのか、いずれにしても、小川のほとりにできた町としてのほほえましさを、いまも感じさせてくれる。

こういう町には、ちゃらちゃらしたものは似合わない。パリの裏町のブラッスリーの雰囲気をたたえたお店「ピコン」にしても、驚くほどにおいしい定食屋「いなだ」にしても、どこかたたずまいが大人で、そこにはいつも落ち着いた時間が流れている。隣接する小田急線の豪徳寺の駅周辺には、さすがにどこの町でも見かけられるチェーン店が並んでいるけれど、山下側に入ると、ほとんどが昔からやっている人たちのお店ばかりになる。そこに静かな時間がゆったりとたゆたっている。

ようするに、この町には個性というものが、かろうじて残されているのである。個性を維持することが、いまではもっとも高級な生き方となってしまったが、山下の町にひっそりと息づいているのは、お金のかからない、そういう高級さなのである。

けなげな町――世田谷区代田橋

代田橋《だいたばし》はけなげな町である。町の竜脈だった神社への参道を、線路によってまっぷたつにぶち切られようと、幹線道路からのひっきりなしの騒音に四六時中さらされていようと、代田橋はめげない。この町は、自分の身体が健康だった頃の記憶をなくしていないで、その記憶を頼りに夢を見ながら、現実を乗り越えようとしているようにさえ見える。

京王線代田橋の駅に降り立って、目を閉じて、電車も自動車も走っていなかった頃の、代田橋の景色を想像してみる。厚い関東ローム層の堆積《たいせき》が、赤松で覆われた小山をつくっている。小山の北と南の二カ所に、小さな谷がうがたれていて、そこが中世の頃には「モリ」と呼ばれて、死者の埋葬地になっていた。そこにのちのち神社の建物が建てられて、南のは羽根木神社、北のは大原稲荷神社と呼ばれた。

大原稲荷神社《おおはらいなり》は鬱蒼《うっそう》とした木立に囲まれ、そこから東のほうに向かって立派な参道が延び、その参道は玉川《たまがわ》上水の土手に続いていた。古代の埋葬地にふさわしく、神社の境内にはなくなった人が「なになにの命」として祀《まつ》られる、墓地（神道風に言うと奥津城）もつくられていた。近くには伝説の巨人ダイダラボッチ（代田橋の地名はそこから来ている）の遺跡もある。いまでは想像もつかないかもしれないが、このあたりは、その昔はちょっとした聖地だったのである。

その参道のど真ん中を、電車の線路が走るということになった。そうなると、神社から出た参道は、数十メートルのところで行き止まりとなり、電車が轟音《ごうおん》とともに駆け抜けていく踏切の向こうには、聖なる中心を失ってしまった参道商店街が、なんとなく間のぬけた感じで、取り残されることになった。

しかし、そうなってからの代田橋が、じつにけなげだった。神社の祭礼に結集する古くからの町の住人は、祭礼の間中、踏切はないものと幻視することに決めた。彼らにとってはあいかわらず、この町の精神的中心には、鬱蒼たる森に包まれた稲荷神社があって、そこからの参道は、まっすぐ玉川上水まで続いているのである。こうして代田橋は、鉄道や自動車道にひどく傷つけられながらも、幸福だった頃のことを夢見続けることで、生き続けてきた。

ところが四年前のこと、この町の近くでとびきり夢にあふれた計画が持ち上がった。甲州《こうしゅう》街道をはさんだ向こう側、和泉明店街のうらさびれた一角を、「リトル沖縄」として再生しようという、とてつもない考えを抱く人たちがあらわれたのだ。いくたの困難を乗り越えて、その夢は現実のものになった。いまでは、酒屋には泡盛の瓶が並び、ラーメン屋は沖縄そば屋に姿を変え、一杯飲み屋には「めんそーれ」の看板がかけられ、電器屋までが「ゴウヤ電器」と店名を変えて、商店街がこぞって小さな沖縄街に変身したのである。

代田橋に来ると、近代の開発の乱暴さに心は痛んでしまう。ところが、そこに住む人間の心は優しさを失っていない。だから、私はこの町がとてもけなげだと感ずるのである。

異界との境界地帯――新宿区四谷三丁目

無人の倉庫の番人をしてくれれば、ただで二階の住居に住まわせてくれる、という願ってもない話に飛びついて、私は学生時代にしばらくの間、四谷《よつや》の荒木《あらき》町に住んだことがある。新宿《しんじゆく》は歩いてもいける距離だから、どんなに遅くまで飲んでも、帰りの足を心配する必要がないというので、そのうち友人まで一緒に住み着いて、賑《にぎ》やかな毎日だった。

住みはじめてすぐに気づいたのは、異様なほどの坂道の多さだった。四谷消防署の近辺は高台にあって、その前を通る新宿通りは、上智大学の脇を通って皇居のあたりまで、ずっと高台の背の上を走っていく。ところが、荒木町、舟町《ふなまち》、愛住《あいずみ》町の裏道を歩いていくと、急に傾斜のきつい坂道になり、一気に谷の底部に下りていくのである。あるいは、今度は南に向かって、お岩稲荷のある左門《さもん》町のほうへ歩いていっても、すぐに裏は崖道《がけみち》のような坂道になっていて、その坂を下った谷の底部にある須賀町《すが》にたどりついていく。

その坂の途中や崖沿いは、たくさんの墓地におおいつくされている。墓地のまわりには、日本の町の常として、花街ができる。とうぜん花街の周囲には、小洒落《こじゃれ》た飲食店街がつくられ、この界隈《かいわい》を小粋《こいき》な雰囲気の漂う一角につくりあげてきたけれど、もとはと言えば、ここが坂と崖と墓地でできた、一種の「異界との境界地帯」であったためである。東京には、こういう境界地帯が何カ所もあった。その中でも、地形といい、そこに展開した町の歴史といい、四谷三丁目界隈ほど野性味にあふれた場所も少ないのではないだろうか。

このあたりがどうしてこんな地形をしているのか、その理由をいまでは私はこう考えている。いまから数千年前、地球は温暖化して、海水面はいまよりも数十メートルも高くなった。いわゆる縄文海進期である。その時代、海の入り江は内陸深く侵入していた。そのために、洪積地であった四谷の高台（ここにいまの新宿通りが走っている）は、南北からの深い渓谷によって、エッジも鋭くえぐられていたのだった。

その谷の両脇の傾斜地に、古墳時代になると横穴墳墓がたくさんつくられるようになった。こうしてここは生と死をつなぐ境界地帯となったのである。いったんそうなると、境界地帯としての性格は、めったなことでは消えることがなくなる。そこには時代ごとにふさわしい形態の墓地ができ、それを管理する寺がつくられる。そうなると不思議なことにそのまわりには、花街や飲食街ができていく。人間は土地が放射する力を受けて、そこにふさわしい街をつくる。四谷三丁目の街づくりには、その土地の力があらわな形でしめされている。

日本の芸能

菩薩としての遊女

山城《やましろ》盆地に平安京が建設されると、江口と神崎にたくさんの遊女（遊行女婦《うかれめ》）が蝟集《いしゅう》して、一大歓楽街をなすようになった。そのわけは、そこが淀《よど》川と神崎《かんざき》川の合流する川べりにあったからである。

淀川はその頃、琵琶《びわ》湖周辺から流れ込んでくる大量の土砂によって、たえずその姿を変化させていた。河口に運ばれてきた土砂は、そこに八十島《やそしま》と呼ばれるほど多数の島々を出現させていた。河口部から江口・神崎にかけて、淀川べりの景観は、文字通り生き物のように動き変化していたのである。

江口と神崎は、交通の要所（ジャンクション）に位置していた。京都から難波《なにわ》へ出るにも、山陽道《さんようどう》や南海道《なんかいどう》に入っていくにも、貴族も庶民もみなここでいったん下船して、別の船に乗り継いだり、歩行《かち》の旅を始めなければならなかった。そうなればとうぜんそこには遊女たちが集まってくる。遷都以前には、難波津がそういう場所として栄えていた。その難波津の繁栄が、そっくりそのまま江口とその対岸の神崎に移動してきたわけである。

遊女の多くは、きまった抱え主を持つ隷属民ではなく、個人営業の自由民だった。したがって江戸時代の遊郭の遊女のあわれな境遇をもって、中世の江口や神崎の遊女の境遇を連想するのは、的がはずれている。彼女たちはあくまでも芸をもって身をたてるれっきとした「芸能者」であり、その芸のうちに性愛の技術も含まれ（客たちのお目当てはこちらのほうであった）、自分の性的な身体を商品として売る、たくましい「商人」であった。

彼女たちが「表の芸」である舞や謡の芸能を見せるのは、川べりに建てられた座敷付きの建物（ここで飲食もおこなわれる）を有料で利用した模様だが、「裏の芸」である性愛の秘術をつくすのは、近くに建てられた自分用の個人宅に、客を招き込んでおこなうのがふつうだった、と『遊行女婦・遊女・傀儡女』（至文堂）の著者である滝川政次郎《たきかわまさじろう》は推測している。

ここには貴族層を上客とする高級店から、旅をする庶民相手の低廉な店まで、幅広い選択肢が開かれていた。お金さえ払えば、誰にでもチョイスに合わせたサービスが提供され、どんな人にもお客としての待遇が約束されていた。江口と神崎には、淀川の川面を煌煌《こうこう》と照らして、音曲や嬌声《きょうせい》が深夜までにぎやかに鳴り響いていた。平等と自由と快楽の幻想を提供する、そこはまさに扶桑第一のこの世の極楽浄土であった。

＊

中世の遊女のこうした自由民としての特徴を理解するには、彼女たちの「来歴」をたどってみるのがいちばんよいやり方である。遊女という優雅な呼び名が定着する以前、彼女たちは「クグツ（傀儡）」というまことに野生的で古拙な名前で呼ばれていた。この名称は地方へ行くと、ずっとのちの時代になるまで使われており、そこではクグツ女と言えば、芸能を職業としながらも自分の性も売る女性のことを指していた。

このクグツの最大の特徴は、一定の土地に定住して田畑を耕す生活をすることを拒絶した人々である点に求められる。強い意志をもって、農民にならなかった人々である。別の言い方をすると、この人たちは、戸籍に入れられて国家に支配されることを好まず、農民として米を作って税（古代では米が税の基本である）を納めることから逃れようとした人々であった。古代や中世には、国家に所属させられることを嫌って、山や海や川に逃れた人々の集団が、まだたくさんいた。クグツはそういう「自由民」のなかでも、サンカのように奥山に暮らした人々とは違って、都市近郊を生活の場とした特別な人たちである。彼らのことは「クグツ族」と呼んでよいかも知れない。

クグツは川べりを生活の場所とした。男は昼間はおもに狩猟をおこなったが、副業として手品《てづま》や人形遣いの芸を見せた。手品の芸では、なにもないところから動物や物を取り出してみせたりした。またクグツの人形遣いはじつに巧妙で、命のない木偶《でく》人形をまるで生き物のように舞わしてみせた。これにたいして、クグツの女は歌舞音曲を表の芸とし、裏の芸として性の快楽を自分のからだを道具として売った。彼らのおこなうさまざまな「快楽《けらく》の芸」は、一般庶民のみならず、多くの貴族や僧侶《そうりょ》の心をもとらえた。

クグツは交通のジャンクション（宿駅）や川べりや港に集まって暮らし、そこに商売用の小屋を建て、仕出し料理をつくる料理人や警護のための強面《こわもて》を集めて、町のようなものをつくることもあったが、基本的には戸籍に登録された公民ではなく、国家の庇護《ひご》の外に置かれた「化《け》外《がい》の民」としての差別的な扱いを受けた。

もともとは仏教徒でもなければ、神社に祀《まつ》られた大神を信仰するわけでもなく、「百太夫《ひゃくだゆう》」という不思議な神様を信仰していた。百太夫はいわゆる「宿神《しゅくじん》」であり、その起源は遠い古代に遡《さかのぼ》る。宿神は境界領域を自由に行来する精霊である。中世には、猿楽者をはじめとする多くの芸能者が、この宿神を信仰した。宿神は神社の神々よりも、はるかに古い来歴を持っている。そのことを考えてみても、クグツのルーツがとてつもなく古く深いということがわかる。

彼らはこの宿神の力を借りて、顧客となった人々にさまざまな「幻影」を見せては商売をする、高級な部類の「夢の商人」であったと言える。彼らにはもともと所属する国がないのであるから、国の境という概念もまるで他人事で、川や海の水の上を伝って、自由に世間を往来した。そのためだろうか、クグツの伝承する奇術や人形遣いのレパートリーや、女クグツの駆使する性の秘術のなかには、インド・西域にまで広がった国際性豊かな技術を認めることができる。このようなクグツのなかに、遊女の本源が隠されている。

＊

中世にはこのようなクグツが、淀川べりの江口・神崎に集まって商売をおこなっていた。その頃には、「クグツ」という古拙な呼び名はだんだんと廃れて、漢籍風の「遊女」という名称が一般的に使われるようになっていた。

彼らは流行にきわめて敏感で、化粧やファッションや歌舞の最先端の流行を素早く取り入れたり、その逆に流行の発信者ともなっていた。美声であること、美麗であることが、遊女の商品価値の判断基準であった。声や容貌の「美」は、しょせんは表層の効果にすぎないが、この表層効果を最大限に高め発揮することこそ、遊女の商品価値を高めることにつながった。素人の女は、素の真実を語る。しかし上手に嘘がつけないようでは、クグツの末裔《まつえい》としての遊女とは、とうてい認められないのである。

商品では、物の持つ使用価値と交換価値が鋭く弁別される。このことは、性のからだを商品とする遊女の世界を貫く一大原理でもある。遊女の世界では、まことと嘘、実体と幻影とが鋭く区別せられ、それらを混同しないことが、すぐれた遊女の技芸をささえる「哲学」ともなった。遊女が心のまことを客に晒《さら》すことは、たとえ文芸の世界では持ち上げられることがあっても、遊女の世界では一種のルール違反である。「まこともまたひとつの幻影なり」と見抜くこと。これが遊女の世界から生まれる、自然な哲学である。

古代インドで、しばしば遊女が最高の知恵の持ち主として描かれ、賞賛されるのは、そのためである。すぐれた遊女は甘美な幻影を眼前に現出させて、顧客を陶然とした境地に誘い込む。そのとき、幻影の生み出し方を知っている遊女は、なにが夢幻で、なにが現実であるかをはっきりと自覚している。そればかりか、顧客たちがこれは現実でありまことであると信じているものが、じつは夢幻と同じつくりをした、もうひとつの幻影であり嘘であるということまで、彼女は見抜いている。

　聖者たちが必死の修行を積んだ末に体得するような境地を、すぐれた遊女はその性の技芸をつうじて会得するのである。古代インドの文学には、このような遊女がしばしば登場して、聖者やラージャや貴族たちと、この世界が幻影としてつくられていることや、そこを抜け出した（解脱《げだつ》した）真理の世界などをめぐる、じつに高級な清談を交わすさまが描かれている。

　仏典やそこに引用されているインドの古典文学に多少ともつうじている仏教者ならば、日本人にもそのことの知識はあったはずである。それに、遊女の技芸は国際的で、インドの遊女も江口の遊女も、本質はひとつである。彼女たちと親しく交わっていれば、知識人たちはそのうち高度な「遊女の知性」というものが実在することを感得したであろうし、なかにはそれが仏教思想の構造と、じつによく似ているということにも、気づいた人はあっただろう。

　遊女はからだを売る。そのとき彼女は、自分のからだを幻影を生み出す商品として使用する。しかし、すぐれた遊女というものは、どんなに相方との交歓の歓《よろこ》びに震えたとしても、心は不動にして変化せず、執着してもならないし消費されてもならないのである。

　これは『般若経』などに説かれた、菩薩《ぼさつ》のめざすべき心の境地と、まったく同じ構造をしている。菩薩はこの世のどんな喜怒哀楽に出会おうとも、それに喜びも怒りも執着も抱いてはならず、心は静かな水面のように、いささかも動揺してはならない。それらがすべて心に浮かび上がる幻影であることを、菩薩は知っているからだ。遊女は性交をしながら、菩薩は瞑想《めいそう》をしながら、現世を幻影とみなす、同じ認識の高みに到達するのだ。

ここから、遊女＝菩薩一体説のような思考が生まれたとしても、少しも不思議ではない。そのような知恵の体現者として、「江口の長《おさ》」の像がつくられていった。書写山《しょしゃざん》の性空上人《しょうくうしょうにん》をめぐる伝説には、その像がストレートに表現されている。江口の長の真実の姿は、最高の菩薩の一人である普賢《ふげん》菩薩にほかならぬ。このような伝説の背後には、遊女と菩薩との「生存構造の同型性」の認識が潜んでいる。このことはさらに拡張して、芸能者と菩薩の同型性とまで言い切っていいかも知れない。中世に出来上がったその認識は、じつに強靭《きょうじん》に生きながらえて、ずっとのちの世になっても、「山口百恵は菩薩である」というようなコピー表現となって、日本人の心のなかによみがえってくるのである。

＊

謡曲「江口」ははじめ観阿弥《かんあみ》によって原型的な作品が書かれ、のちに世阿弥《ぜあみ》がそれに加筆して完成させた作品である。この一事をもってしても、いかに父子がこの主題に強い思い入れを持っていたかがわかる。

この作品では、夢幻能の基本が破られている。亡霊が出現して、思いのたけを語り舞ったあとに、ふたたび亡霊の世界に戻っていくのではなく、「江口」では、亡霊として出現した江口の君が、じつは普賢菩薩の化身であることを明かして、まばゆいばかりの光の中に包まれていく。

この演出の背後には、遊女と菩薩を一体とみなす、芸能者の生存哲学が潜んでいる、と私は考える。能がまだ猿楽と呼ばれていた昔、猿楽の徒《と》とクグツはきわめて近しい関係を持っていた。彼らはともに土地を所有せず、また耕さない非農業民として、芸能で身を立てる化外の民であった。

猿楽の徒は、幻術や人形遣いを得意とするクグツ男のように、幻影の空間を舞台として、生死の皮膜を突き抜けて、向こう側に行ったり来たりする「境界の芸」を演じる人々であった。男色を売ることもあった。公民の住む村のはずれや、川べりに住まわされることもあった。こういう猿楽者の末裔であることをまだ強く意識していた観阿弥や世阿弥にとって、江口や神崎の遊女の存在と彼女たちの運命は、まったく他人事ではすまされないことだった。

遊女と菩薩が一体であることは、演能と菩薩行もまたひとつであることを意味している。菩薩行の本願は、この世が夢や幻と同じ仕組みでできていることを確実に知り、その認識をもったまま、この世の事物に執着をおこすことなく、衆生救済の業をなすことにある。能の本願もそれとよく似ている。能はあの世とこの世の間に通路をつくり、死の世界の住人が生の世界に侵入し、混じり合う状態をつくりだそうとする。それによって、この世で大切なものとされている価値を相対化し、この世の事物への執着を無化しようとしている。それもまた一種の菩薩行ではないだろうか。

『江口』は能の本質について語る能であり、芸能者というものの本質をひとつの構造として示そうとした、思想の表現でもある。それは、観阿弥や世阿弥が持っていたような、自らの来歴についての自己認識と自覚がなければ生まれてこない思想である。「遊女とは私のことである」。このような思想を持つことのできた観阿弥・世阿弥父子は、人間としてじつに偉大である。

禅竹——中世的思考の花

室町幕府の中世的な政治システム

中世には世界中の多くの地域で、封建主義という政治システムが発達した。封建主義は土地の領有をベースとした権力である。これは、強力な領主とその領主によって土地の領有を認められた（安堵《あんど》された）在地の有力者とが、たがいに主従関係を結ぶことによって、大きな勢力を形成するというシステムである。封権主義では、権力が樹木のように大地に根を下ろしているのである。

この政治システムでは、土地からもたらされる富が権力の土台となる。そして土地からの富を地代として得る地方有力者の多くが、きわめて古い時代から自分の領地と強い精神的結びつきを持っていた。そのために大地霊との強い結びつきを得ることが、封建主義の政治思想で大きな意味を持つことになり、そのことを表現するための、さまざまな象徴装置が開発動員された。中世に発達した芸能には、このことが大きな影を落としている。

能はもともと各地の社寺に、古代より伝えられていた宗教芸能から発達してきたものである。その原始的な能が、権力の中枢に近いところまで引き上げられて、もう芸術と呼んだほうがよいくらいの洗練された芸能に発達をとげた室町という時代は、まさにこの封建主義が古代王権の原理を押しのけて、自分を一つの権力原理として確立しようとしていた頃である。室町幕府のシステムは、後醍醐《ごだいご》天皇によって花火のように短期間だけよみがえった古代王権の原理と、これから確立されようとしている封建主義の原理との、興味深い二元論理（バイロジック）としてできあがっていた。この二元論理こそが、「中世」と呼ばれる時代を貫いている構造原理にほかならない。その室町幕府の形成と能の生成の過程が、まったく同調しあっているのである。

世阿弥《ぜあみ》が足利義満《あしかがよしみつ》に見出《みいだ》されて権力の中枢部に近づいた頃、室町幕府の政治機構は完成に近づいていた。世阿弥の娘婿である金春禅竹《こんぱるぜんちく》の後半生は、応仁の乱をきっかけとしてその室町幕府が瓦解《がかい》していく過程（そこから近世的なピュアなかたちの封建主義が確立してくるまでにはなんと百年もかかっている）に組み込まれている。世阿弥の思想は、室町幕府が体現していた中世的な二元論理の、もののみごとな芸術表現だった。それを受け継いで禅竹はこの二元論理をさらに純化して深めた。禅竹の作品と思想の中に、私たちは中世的思考の純化された結晶ないしはあでやかに咲いた花を見ることができる。

義満が発見した能という支配原理

足利義満は後醍醐天皇の政治思想から大きな影響を受けていたと言われる。後醍醐天皇は天皇の権威というものを、古代以来の天皇霊とそれよりもさらに古い大地霊とを一体化させた、二元的な論理としてよみがえらそうとしていた。古代的な天皇霊は、天のいや高きところにある超越的な霊に結びついている。それは大地を超越する抽象的な思考であり、自然が生み出した自生的秩序とは異なる人工的な古代権力のメカニズムを動かす。ところがそこに大地の生産力が結びつかなければ、その古代権力の土台は脆弱《ぜいじゃく》である。平安末期に浮上してきた武士の権力は、まさにこの土地の力のうちから誕生してきたものである。武士によって奪取された王権を、ふたたび天皇に奪い返すために、後醍醐天皇は天皇霊を大地霊に結合するための、さまざまな方策を考えた。古代的な土地所有から落ちこぼれたニッチである楠木正成《くすのきまさしげ》たち散所武士を組織化して自分の勢力としたり、大地霊との親和性のよい密教を王権儀礼に組み込んだり、天皇が人民と土地を一元支配できる制度に作り替えたりすることによって、その考えを実現に移そうとしていた。足利義満はその後醍醐天皇の試みから大きな刺激を受けつつ、新しい時代の支配原理を抽出しようとしたのである。

足利義満は幕府権力の支えを、明帝国の権威に求めた。同じ武士権力と言いながら、この点は鎌倉幕府とは対極的である。源《みなもとの》頼朝《よりとも》は天皇と対峙《たいじ》できる武士権力の根源をしめすために、都の貴族たちを招いて、富士山麓での大規模な巻き狩りを催した。武士の権力の根源は、律令の法体系ではなく大地から生まれた生産力にあり、天ではなく自然のうちに根ざしていることを、儀礼的な狩猟をとおして表現しようとしたのである。ところが足利義満は天皇が持ってきた超越的な権力の形態を認めながら、日本列島に発達した王権を飛び越えて、大陸の天の皇帝の権威との結びつきによって乗り越えるという戦略を考えたのである。

その一方で、義満は頼朝が狩猟儀礼で表現しようとした大地霊ないし自然霊との結びつきということを、より象徴化した芸術的レベルで表現することを求めた。いまや後醍醐天皇が採用した古代的な密教にかわる、新しい中世的表現形態が必要であった。そのようなものが発見できるならば、それを超越的な王権の論理と結合することによって、二元論理を統一した王権の形態が確立できることになる。そうすれば、武士がつくる王権は天皇の王権に対峙できるような、いやそれどころかそれを乗り越えることさえできる形態を獲得することが可能だ。義満はその政治思想を、現実の政治システムとしてよりも、幽玄《ゆうげん》な芸術をとおして表現しようとした。そのとき足利義満が発見したもののひとつが、観阿弥《かんあみ》と世阿弥父子による能にほかならない。

「翁」という大地霊で組織された能

能の原型が「翁」であることは、能の創成期の当事者たちによっても、はっきりと認識されていた。翁はある種の神の出現《みあれ》の様を、象徴的に表現した芸である。「ある種の神」とは、大地的な霊のことにほかならない。大地は生命の滅んでいく空間であると同時に、生命が生まれでる空間でもある。遠い昔に大地の一角を領有した先祖は死んでのち、その土地に埋葬された。その子孫たちはその同じ産土《うぶすな》の土地に生まれ、先祖の始めた事業を継続した。このように大地とは、古代から中世にかけての思考にとっては、現実世界の支えでありながら、現実世界を包摂しているより大きな潜在世界をあらわしており、生と死とが渾然《こんぜん》一体となったカオスモスでもあった。

翁の芸は、その潜在空間が現実世界に突出してくる様子を、仮面（黒い仮面であることが多い）神の出現で表現する。あの世がこの世にせり上がって出てくるのであるから、その表現は必然的に生成的であり、かつ「幽玄」である。大地の霊はこのようにして出現する。人間は大地霊にたいするときには、天の神に呼びかけおぎ降ろすようなやり方をとることができない。いや高き天の神はコミュニケーションの神であるから、祝詞《のりと》によって呼びかけをおこなう方法が効く。ところが大地の霊は、コミュニケーション以前の潜在空間に住まうものなので、人間の呼びかけに応《こた》えて出てくるような存在ではない。

その霊に出現《みあれ》を請うためには、空間を幽玄にしつらえ、人間自身が神に向かっての変容を起こし、息を殺してひたすら出現のときを待つしかない。人間の計画は大地霊には通用しないからである。すべてを偶然にゆだね、人間であることさえ放棄して、変容に身を委《ゆだ》ね、遊びの精神で出現を待つしかない。それゆえに、大地霊の出現は宗教の管轄ではなく、芸術の管轄のものとなる。能はこのような翁という大地霊を中心に組織された、現実世界に向かってのあの世のせり上がりの表現からなりたっている芸である。足利義満の天才は、翁を中心に組織された能という芸能の中に、自分が実現しようとしている政治構造と「同型」をした思想の、芸術表現を見出したのである。

三輪山《みわやま》の背後から流れ出る初瀬川の流域を拠点としていた芸能者たちこそ、この任務を果たすには最適任な人びとであったと思われる。初瀬川は古代より有名な「こもりく＝埋葬」の土地である。水源地にはおそるべき姿をした水の神（龍神）が住んでいたが、仏教によってその水の神は十一面観音に姿を変えた。その地の住民は男性だけで秘密結社的な「座」をつくり、先祖霊でもある大地霊の出現を表現する、古くからの翁の芸を伝えていた。

こもりくの土地の者たちが演ずる翁には、独特の強度とリアリティが宿っていた。それは三輪山をはさんでちょうど初瀬川の向かい側にあったこもりくの土地の住民である柿本《かきのもと》一族の発達させた挽歌《ばんか》に、比類のない強度とリアリティが宿っていたのと同じである。万葉の和歌は柿本一族の発達させた挽歌から大きな影響を受けた。挽歌とは死を悼《いた》み、死者に語りかける言葉の芸能である。その挽歌と原初的な能は、表現としてきわめてよく似た構造を持っている。

初瀬川流域の能の諸座が伝える翁には、生と死が渾然一体となった幽玄の空間が実現されていたのである。埋葬地で喪の儀礼を専門としていた人びとこそ、このような意味ではもっとも「中世的」な精神を体現する者たちであったと言える。初瀬川流域の翁の芸を奉ずる諸座の中から、のちに観世座《かんぜざ》、円満井座《えんまんいざ》などの中世的な芸能座が出てきた背景には、おそらくそのようなネクロロジー（死霊学）的な理由が潜んでいると思われる。

能の根源をアナロジーで探る禅竹

金春禅竹はこのようにして発達してきた能の根源を探る「考古学的探求」に、深い関心を抱いていた。世阿弥は考古学的な探求よりも政治思想のほうに関心のあった人物であったから、先輩古老たちから伝えられた古伝承を、深い関心をもって書き留めたり、深めたりはしなかった模様である。ところが禅竹には世阿弥にはみられることのない、異常なほどの考古学的探求への嗜好《しこう》があった。彼は自分たちが奉じている芸能の根源を知りたいという、強烈な願望を持っていた。能は翁に始まり翁に終わるという芸能である。それならば、能の根源を知るには、まず翁の根源を知り尽くすことができなければならない。禅竹の秘伝書『明宿集《めいしゆくしゆう》』は、そのような関心に突き動かされて書かれたものであった。

この著作をものするにあたって、禅竹は諸座の古老たちから教えられてきた古伝承を、「アナロジー」の方法によって分類し、体系づけることを試みた。アナロジーは中世に大いに発達した世界の分類方法である。(1) アナロジーは事物を分離する「別化性能」よりも、異なる事物に共通性を見出す「類化性能」によって、世界を分類する思考方法である。外見が異なっていても、深層に似ているところがあれば、アナロジーはそこに「同じもの」がある、と認識するのである。禅竹はこの思考方法を厳密かつ体系的に駆使することによって、翁の背景となっている神仏の世界を、精密に分類してみようとした。

そこで次のような思考が展開されることになる。

そもそも「翁」という神秘的な存在の根源を探求してみると、宇宙創造のはじまりからすでに出現していたものだということがわかる。そして地上の秩序を人間の王が統治するようになった今の時代にいたるまで、一瞬の途切れもなく、王位を守り、国土に富をもたらし、人民の暮らしを助けてくださっている。この翁の本体（本地《ほんじ》）を探求してみると、胎蔵界《たいぞうかい》と金剛界《こんごうかい》をともどもに超越した法身《ほっしん》の大日如来《だいにちにょらい》であり、あるいは無限の慈悲《じひ》をこめて我らの世界を包摂する報身《ほうじん》の阿弥陀《あみだ》如来であり、また人間世界で教化《きょうげ》をおこなう応身《おうじん》の釈迦牟尼《しゃかむに》であり、つまるところ法身・報身・応身という真理の三つの様態を、一身にみたしていらっしゃるのである。この一身を三身《さんしん》に分けてあらわすところが、猿楽《さるがく》で言うところの「翁式三番《しきさんば》」の表現となってあらわれる。こういう神としての示現（垂迹《すいじゃく》）を知れば、ますますいろいろなことがわかってくる。

第一は住吉《すみよし》の大明神である。あるいは諏訪《すわ》明神としても、塩竈《しおがま》ノ神としても示現をなさる。伊豆《いず》の走湯《はしりゅ》権現として示現したときには天皇の勅使と面談をおこない……神秘的な解釈ではこう言われる。本地垂迹はすべて本体は一つであって、不増不滅、常住不滅の神秘も唯一神に集約される。(2)


アナロジーは異なる事物の系列の間に、対応関係を見出すことができるために、二元的思考を政治から宗教まで広い現実に適用して世界を理解しようとしていた中世には、たいへんに重宝された。仏教と神道は異なるルーツから発達してきた。そのためにこの二つの考え方を調和させるのは難しい。しかし、アナロジーの思考を使えば二つの異なる思考系列の間に、対応関係を打ち立てることができるということを、中世は発見した。「神仏習合」や「本地垂迹」と呼ばれる中世に特有の宗教思想を生み出したのは、このアナロジーによる世界理解であった。

この考えによると、翁は仏教で言う「三身」に対応することになる。翁はこの宇宙を構成する真実の力が潜在空間から現実空間へ向かって展開してくる、生成の様をあらわしている概念である。生成の過程には三つの位相がある。いちばん深いところには未発の状態にある潜在空間そのものがあり、つづいてそこから現実世界に向かっての力の盛り上がりないし放射が起こるが、それは現実世界に顔をあらわして人びとに幸福と富をもたらすのである。この翁出現の三つの位相は、仏教が言う仏の三身と完全な対応関係にある。

翁……未発の潜在空間　力の放射　現実世界への示現

仏……　法身　報身　応身

このような対応関係が見出されると、中世的思考は歓喜して、両者は「御一体である」との認識をしめすのである。なにも翁と仏が同じものだと言おうとしているのではない。翁の構造と仏の構造のうちには同型性があり、翁を含む神々の系列と大日・阿弥陀・釈迦牟尼の展開を見せる諸仏の系列との間には、完全な対応関係を考えることができるわけである。

アナロジー思考によれば、翁はまた、住吉明神とも諏訪明神とも塩竈ノ神とも伊豆走湯権現とも「御一体」である。それは、大地の霊の表現としての翁が、海の神としての住吉神とも、山の自然霊としての諏訪神とも、海水の力の結晶体である塩の神とも、地熱と温泉の神である走湯権現とも、自然力の示現の構造において、すべて同型をしめしているからである。

金春禅竹はこのようなアナロジー思考を体系的に駆使することによって、翁の本質に迫ろうとした。彼が採った方法は、物事の本質をあきらかにしようとする近代人が用いるやり方とは、根本的な違いを持っている。近代的な思考では、別化性能を用いて分離した物事の間に、論理的な「因果関係」を見出すことが、本質に迫る唯一の方法であると、たいした根拠もないのにそう思い込まれている。現代でも科学において有力なこの方法には、しかし大きな限界がある。物事の因果関係は、現実の事物が構成する世界にしか通用しないからである。現実の世界を生み出すおおもとの潜在空間において、力や事物がどのように結び合っているかを、近代が重視するこの方法では、あきらかにすることができない。中世的なアナロジー思考は、その反対に、事物が潜在空間でどんなつながりを持っているのかを、直観と観察によって見出そうとしていた。

それゆえ、金春禅竹が『明宿集』で用いたアナロジーに基づく分類思考の方法を、現代人の目から見て「牽強付会《けんきょうふかい》」だの「非合理」だのと批判するのは、間違った学問的態度なのである(3)。中世的思考が探求していたのは、現実世界の事物の因果関係ではなく、因果関係のさらに奥にひそんでいる「事物を内奥でつないでいる原理」であった。それを探るには、事物が現実世界でどのように分離されているかではなく、分離されているように見える事物がいかに内奥で結びあっているかを、あきらかにできなければならない。中世的思考が愛好したアナロジーは、潜在空間で事物が関連しあっているそのようなつながりを発見するための直観的方法であったが、禅竹のようにこの方法を駆使して、我が国の王権の秘密にも触れる巨大な問題領域に探求の歩を進めた思想家は、数百年後の折口信夫《おりくちしのぶ》まで、この国に一人もあらわれることがなかったのである。

「芭蕉」に結実したアナロジー思考のラディカルさ

能の実作者としての金春禅竹は、「事物を内奥でつないでいる原理」への直観にしたがって、彼にしか創れないいくつもの優れた作品を書いた。「芭蕉」がその代表である。

この作品で禅竹は人間と植物の間のアナロジー関係を主題に採り上げた。アナロジー思考は、人間と植物というように異なるカテゴリーに分類された事物同士の間に類似点を見出して、二つを重ね合わせる。そのとき異なるカテゴリーに分類された事物を「内奥でつないでいる原理」が直観されることになる。日本人は古くから、人間と植物との間には、深層で通底しあっている共通のものが流動しあっている、と直観していた。それは人間のものであると同時に植物のものでもある「なにか」であり、また人間と植物を超越している「なにか」でもある。人間はこの「なにか」をとおして成仏（悟り）への可能性を開かれる。そうだとすれば、その同じ「なにか」をとおして、植物だって成仏の可能性をあたえられているのではないか。そこで人間の女性の姿をとってあらわれた芭蕉の精が、読経に明け暮れる僧にこう訊《たず》ねるのであった。

（芭蕉の精）「あらありがたや候　このおん経を聴聞申せば　われらごときの女人非情草木の類《たぐ》ひまでも頼もしうこそ候へ」
（読経の僧）「げによく聴聞候ふものかな　ただ一念随喜《ずいき》の信心なれば　一切非情草木の類ひまでも　なんの疑ひか候ふべき」
（芭蕉の精）「さてはことさらありがたや　さてこそ草木成仏の　謂《い》はれをなほも示し給へ」
（読経の僧）「薬草喩品《やくそうゆほん》あらはれて　草木国土有情非情も　みなこれ諸法実相の」「（……）草木も成仏の国土ぞ　成仏の国土なるべし(4)」

ここには日本人のおこなうアナロジー思考のラディカルさが、遺憾《いかん》なく表現されている。金春禅竹は、草木悉皆《しつかい》成仏を唱えた日本仏教の思想家たちとともに、すべての宇宙存在に向かってのアナロジー思考の適用を躊躇《ちゅうちょ》しないのである。インド仏教ではその適用は、動物のところでブロックされてしまっている。動物までが有情（意識作用を持っている存在）で、植物は非情（意識作用を持たない存在）に分類され、アナロジー思考の運動がそのブロックを突破して、有情即非情という重ね合わせにまではたどり着くことがなかった。ところが、中世の日本人はいささかの躊躇もなく、仏教が設置しておいた分類のブロックを破壊して、人間と植物をともに成仏の可能性を持った存在同士として、たがいに重ね合わせるのである。

禅竹の創造した芭蕉の精はこう語る。「意識作用を持たない非情の植物というものは、まことは形態を持たず固定した実体も持たない、現象化以前の存在の真実をそのまま表現しているものです。微粒子は宇宙の表現であり、その宇宙の全体は微粒子の中に包摂されているという認識の上に、雨露霜雪など折々にふれての植物の形を現出させています。一花を仏の前に捧げるようにして、一枝花開いては、存在の真理を顕現させております(5)」。

この芭蕉の精はあきらかに翁の変身である。翁はその一身に生と死を共存させている。翁は生と死の通底器なのだ。芭蕉の精は有情と非情の間に通路を穿《うが》ち、あらゆる存在に成仏への可能性を開く。そこでは、煩悩《ぼんのう》と悟りの区別はなく、輪廻《りんね》にある衆生と輪廻を脱出した仏の区別も消滅している。これはそのままで中世的思考の絶頂をあらわす。金春禅竹は論理によるのではなく、まさに芸術によって、日本人の思想の頂上を極めたのであった。

註

（1）このことは日本だけの現象ではなく、ヨーロッパの中世にも見出される現象である。ミシェル・フーコー『言葉と物』を参照されたい。

（2）『明宿集』冒頭部の現代語訳（訳＝中沢新一）。『明宿集』は『金春古伝書集成』（わんや書店、一九六九年）などに収録されている。

（3）たとえば『明宿集』の発見者であった表章氏は、この秘伝書の解説に次のように書いている。「彼（禅竹）の思考法には、『明宿集』で一切の神仏を翁―宿神―に結びつける牽強付会の論法に見られる非合理性が伴っていた。彼自身は付会と考えず、大まじめに論を展開しているだけに、一そう始末が悪い」（「世阿弥と禅竹の伝書」『世阿弥　禅竹』日本思想大系、岩波書店、一九七四年）。近代的思考に縛られた学問には、アナロジー思考に内在する「合理性」が理解できないのである。

（4）金春禅竹「芭蕉」（『謡曲集 下』新潮日本古典集成、新潮社、一九八八年）

（5）同書。このくだりについてのより詳細な解説は、中沢新一『精霊の王』（講談社、二〇〇三年）の第五章「緑したたる金春禅竹」にある。

離脱の芸術

文楽は人形芝居と浄瑠璃《じょうるり》の結合した芸術であるが、このうちの人形芝居の部分は、古いクグツ（傀儡）の芸能から発達したものだと言われている。クグツの起源については二説があって、一説では朝鮮半島の狩猟遊動民であった白丁族《はくていぞく》が日本列島に渡ってきてこの芸能を広めたといい（この種族はインドのジプシーのように各地を流浪しながら、男は人形遣いをおこない、女は春をひさいだと言われている）、もう一つの説では、東北のイタコが舞わすオシラ様のように、巫女《みこ》が神を下ろすのに使った人形から発達したものだと言われる。いずれの説をとってみても、人形の芸能には「どこかを彷徨《さまよ》う」とか「他所にあくがれでる」などという、不思議な脱出性や離脱性が潜んでいるように感じられる。

私の郷里の山梨には、このクグツのおこなった人形舞の古い形態が「天津司舞（てんづしまい)」という名称で、いまもおこなわれている。私は少年の日にこの人形舞から受けた衝撃を忘れることができない。天津司舞では、大人でも一抱えにあまるほど大きな数体の人形を持ち上げて、田んぼ道を静々と行進してきたあと、境内に設けられた幔幕《まんまく》の後で人形を舞わせる。舞わすと言っても、とりたてて変わった所作があるわけではなく、大きな人形がゆらゆらと空中を動いていく姿を眺めるだけである。それなのに、この人形舞は子供の心に大きな動揺をもたらした。この世ならぬ存在が、人形の姿を借りて、この世にあらわれている。その存在はゆらゆらと揺れながら、この世を抜け出していながら、この世の人間の儚《はかな》い業を見下ろしている。私はそのときはじめて、神の視線というものを実感して震え上がったのである。その時以来、私は古い来歴をもつさまざまな人形遣いの芸能の虜《とりこ》となった。文楽にたいする強烈な関心もじつはそこから発している。

クグツのおこなった人形遣いの芸能には、人間の世界を抜け出して、遠い視線から人の世を見下ろしている、神の視線のようなものが感じられる。同じ遠くからの視線は、文楽のなかにもはっきりと感じ取ることができる。そのことをまっさきに感じさせるのが、幕開けを告げる「東西声」だ。黒衣《くろご》の衣裳《いしょう》を身に着けた東西声は、「とざい。とーざい」という呼び立てに続いて、本日の演目と演者の名前を告げて、そのまますっと奥に引っ込んでいく。すべての語尾を下げないという決まりにしたがって、東西声は不思議に非人間的な一本調子で、観客の心を人間臭い世界から離脱させていく。非人間的といっても、コンピューターで合成した機械の声とはちがって、人間の内部から外に離脱してきたものの放つ声である。

人形を抱えて登場した人形遣いが、その人形を操りはじめる。浄瑠璃の語る物語に合わせて、人間そっくりの動きを見せる人形のほうに観客はしだいに同化しだす。すると奇妙な逆転がおこるのである。人形を操っているのは素面の人形遣いである。つまりは人間である。ところが人形と一体化してしまった観客には、人形遣いが自分の運命を操っている外部の存在のように感じられてくる。人形は私たち人間と同じに、運命の神に操られて、つぎつぎと起こる不条理な出来事に巻き込まれ、死にむかってひた走っていく。この様子を固唾《かたず》を呑《の》んで見守っている観客は、そのとき人生の真理を悟ることになる。ここで演じられている人形の芝居の構造は、私たちの人生を突き動かしているものの仕組みと、そっくりではないか。私たちもこの人形と同じように、見えない運命の神に操られ、とうてい納得することなどできない人生の不条理を走り抜けている存在なのではないか。

文楽はこのように人間の外部にあって、遠くから人間を見つめている視線の存在を感知させる力をもつ芸術なのである。素面の人形遣いと人形の関係も、黒衣と人形の関係も、すべてが人間の世界から離脱している視線を生み出すために考えだされた仕掛けである。その視線の主は、神と呼んでもいいし、またとりたててそう呼ばなくてもいい。自分という意識の外に脱出して、自分を遠くから見ている視線を獲得することで、人間は自分という存在の儚さを悟ることができる。これはすべての偉大な芸術に備わった特質である。文楽は原始的なクグツの人形劇から発達してきた大衆的な芸能でありながら、この意味でも偉大な芸術としての本質をそなえている。

それればかりではない。こんどは浄瑠璃台本の中身をよく観察してみよう。すると、文楽が物語の内容においても、いたるところに人間世界からの脱出線や離脱のための通路を用意しようとしているのがわかる。たとえば文楽がもっとも好んできた題材の一つは異類通婚の物語である。狐との結婚（蘆屋道満大内鑑）、柳の精との結婚（卅三間堂棟由来）など、そこには動物や植物の世界への脱出線がいくつも用意されていて、かならずその結婚からは動植物と人間のハイブリッドが生まれている。

ここでも文楽は、人間という概念の拡張をめざしているのである。神々から動植物の精霊にいたるまで、文楽は手段を尽くして、人間を人間という狭い境涯の外に誘い出そうとしている。そう考えてみれば、浄瑠璃お得意の「心中」というものもまた、別の形態をした人間の世界からの脱出線であり離脱のための通路であることが、はっきりと見えてくる。文楽はまことに偉大な離脱の芸能なのである。

吉本の考古学

人間は自然界で唯一の笑う動物である。人間は言語を発達させ、言語によって現実をつくりだしている。ところが人間の心にはこの言語の下に、無意識という別の原理で動いている大陸が広がっている。無意識は言語とちがってしっかりした構造をもっていない。それは水のように柔らかく動き続け、揺れ動き続けている。この無意識はふだん心の表面にあらわれてこない仕組みになっている。

ところが何かの拍子に、心の表の顔である言語がずっこけた行動をすると、不意に開かれた隙間をぬって、無意識が心の表面に浮かび上がってくるのである。そうなるともう言語の力では、鯰《なまず》みたいにぬめぬめと動き回る無意識は抑えられない。そこで人間は生物としての知恵を生かして、この過剰した無意識のエネルギーを、横隔膜を激しく動かして筋肉をけいれんさせる身体の運動に替えて、外に放出しようとする。これが人間の「笑い」である。この笑いの定義が、大阪における笑いの文化の伝統と、現代におけるその最大の企業的体現者である吉本の本質を考えるための出発点になる。

じっさいなんばグランド花月の客席に座って、お笑い芸人のしゃべくりに笑い転げているお客さんたち（その多くが大阪人だろう）の姿を見ていると、口だけになって笑っているアリスの猫のような無意識の集合体が、劇場全体を満たし揺すり上げているような不思議な感覚に、いつも私は襲われる。たぶん大阪くらい、そこの住人がよく笑う都市というのも、ほかにはないのでないか。大阪には、笑うことがそこでの都市生活が滞りなく進行していくための、重要な心的装置として独特のやり方で組み込まれており、そしてその装置の原理から吉本興業が生まれ、その吉本はいまや日本中に影響を及ぼしているのである。これはいったいどんな理由によるのだろう。

さきほどの笑いの定義に戻っていえば、大阪という都市にかたちづくられてきた心性は、水のように形を変化させながら揺れ動き続ける巨大な無意識を抱え、ほかの都市のようにそれをこわばった真面目さで押さえつけておくのではなく、生活のさまざまな現場でその無意識を巧みに誘導しながら表面に浮上させ、笑いとして解き放つ技術を発達させてきた。このことから考えると、大阪は無意識の水路術に長《た》けた都市であると言うことができる。大阪は昔からよく「水の都」と言われてきたが、それはなにも縦横に掘り巡らされた水路網に限られたことではなく、そこの住民の心の深層に巡らされた無意識を流すための水路網の特殊な構造にも関わっている。大阪は現実においても、心の内面においても、「水都」としての発達をとげてきた。大阪の笑いの文化の秘密はそこに隠されている、と私は考える。

＊

大阪は、そもそも湿地に水路を開く堀割の土木技術によって生まれた都市である。この土地でもともと陸地だった場所は上町《うえまち》台地だけで、ほかはすべて遠浅の海や潟として、かつては水の底に沈んでいた。そこに大和《やまと》川と淀川から大量の土砂が流れ込むようになった。その結果、潟は干潟に変貌し、淀川の河口には「八十島」とも呼ばれたたくさんの島が浮かび上がってきた。島々はしだいに成長し、つながりあって陸地をなすようになった。

そこに原大阪人とも言うべき海民が住みつくようになったのである。船を操るのが巧みな海民は、いっぽうで商人としての優れた才能を発揮して、ようやく生まれてきた陸地に市場をつくって商いをはじめ、そこを商業の都市へと成長させていった。水はけをよくして土地を乾燥させるために、縦横に水路が開かれた。こうして出来上がった大阪は文字通りの水都であり、水はいつも目に見えるところを流れ、また八十島の言い伝えをとおしては、そこが水中から浮かび上がった都市であることの記憶を、深く住民の心に刻み込んだ。

しかしそれ以上に重要だったことは、大阪人の心性の基礎をつくったのも海民であったという事実である。海民はそれほど頑丈でない船に乗って、海や川の水の上を渡っていく技術に巧みな人びとである。板子一枚の下は危険な流体が始終渦巻いている。陸地で暮らすのよりも、何倍も死の実感に近いところでの生活を続けてきた。そのためこの人びとの心の深層には、固い実体をもったものよりも、柔軟に姿を変化させながら流動していくものへの親近性が育っていったことが考えられる。

そのことは彼らの宗教によくあらわれている。海民は母と子のペアーを神とした。海そのものでもある母神が、太陽神の力によって身籠《みごも》り、太陽の子である日子《ひるこ》を産む、という考えである。のちに地域の王や大王＝天皇ともなるこの日子は、しばしば早産や未成熟のままに生まれてくる（たとえばのちの神武《じんむ》天皇＝ウガヤフキアエズは産屋の準備が整わないうちに生まれた）。容貌が醜《しこ》であったり、愚者（ヲコ）として誕生するものもある（アドビノイソラやエベスなど）。つまり海民の信仰にとって重要な意味をもった太陽の子は、はじめからきちんと整った姿ではなく、不定形でぐにゃぐにゃとした身体と流動的な無意識を表面にさらしたままの心とをもって、この世に出現してくると考えられていた。

この母と子のペアーが、海民の宗教・神話と芸能の原型をつくった。そこから半分神話で半分歴史とも言うべき神功皇后《じんぐう》と応神天皇《おうじん》という母子のペアーが考えられ、それは全国に広がる八幡信仰を生み、堺には巨大な応神天皇の陵《みささぎ》まで造られた。しかしそれ以上に興味深いのは、この母と子のペアー神から、海民特有の笑いの芸能が発達したことである。のちに「万歳」と呼ばれる芸能に発展していった「言祝《ことほ》ぎの芸能」である。

現在の「マンザイ」の原型をなす古典的な万歳の中に、この古い海民の芸能の構造をうかがうことができる。万歳は太夫と才蔵のペアーで演じられる。太夫は常識的なセンスと包容力をもっている。これにたいして相方の才蔵は、太夫の発言をまぜっかえして台無しにしたり、ヲコで非常識な発言をくり返しては、観客の笑いを噴き出させる。才蔵がことさら醜《しこ》を強調することもある。この太夫と才蔵のペアーは、神話的な宗教における母神と子神のペアーを変形したものにほかならない。奔放な才蔵の踏み外しを、包容力をもって受け止める太夫の対応に、母親の包容力を見出すことは、想像力にとってもそれほど難しいことではない。

このように、言語の構造に不定形な無意識が侵入してくることによって、観客の身体を笑いに揺する、という笑いの定義どおりの仕組みをもって、海民出身の芸人は、人間の無意識に流出路を開発する、すぐれた笑いの芸能を創造したのである。彼らはこういう芸能を生み出す特別な才能を持っていた。それは彼ら海民の心性が、つねに常識の板子一枚下にたえまなく打ち寄せる無意識の波頭を感じ取りながら、一方では合理の生き方を一番とする人生を造形しようと努力していたからである。船を操るのが巧みな彼らは、揺れ動く心にバランスのとれた状態をつくるのも上手《うま》かったようである。

このような海民の心性を土台として、大阪は商業の栄える水都として発達をとげてきた。この都市の基底部には、笑いの人類的構造がしっかりとセットされている。そのため、そこの住人の心はいつでも笑い出そうと身構えている、と言っても過言ではないのかも知れない。

*

大坂の陣の後、本格的な近世都市の建設が始まると、政治機構の置かれる場所、商業のための場所としだいに整えられていった大阪で、無意識のための流水路とも言うべき芸能のための空間が、当時の認識で考えられた都市の「周縁」に設置された。心＝脳の構造をそのまま現実の空間に投射すると、たしかにそうなるのがふつうである。島之内《しまのうち》までが都市の「内」で、道《どう》頓堀《とんぼり》から南は「外」と考えられた。その内と外の境に、芸能のための特殊な空間である「悪所」が設けられた。

悪所には人形浄瑠璃《じょうるり》や歌舞伎を上演する常設の小屋が立てられた。そこは悪所の中でも上等な芸能を見せる場所で、それより格下と見られていた雑芸能は、道頓堀をさらに南に外れた、今日で言うミナミをおもな活動の場所とした。「千日寺の前」であるそこには、大阪きっての大墓地が広がり、そこには大きな火葬場と陰鬱《いんうつ》な処刑場もあった。

世の中ではよく、古代から伝えられる原型的なほんものがしばしば劣ったものと見なされ、最近になってこしらえられた派生的な新型を優れているとして持ち上げるような勘違いが横行する。道頓堀の悪所でも、そういうことがおこった。海民の古代的伝統につながる笑いの芸が格下に見られ、新参の歌舞伎などのほうが格上と見なされて、万歳の芸などは他の雑芸といっしょに墓地と処刑場の脇に広がる、千日前《せんにちまえ》の場末に追いやられていた。

海民の古代宗教に直結する万歳の芸能は、千日前墓地群のはずれにある法善寺《ほうぜんじ》界隈に小屋を得て、そこを上演の場所とした。一見扱いはひどいように見えるが、見方を変えれば、これは笑いの芸の本質を表現しているとも言える。千日前の空間では、生と死、この世とあの世が薄い皮膜をとおして接しあっている。この薄さの感覚は、この都市の他のどこの地点と比較しても抜群である。

そこに貧しいお笑いの芸人たちは引き寄せられてきた。芸人がたくさん住んでいた「てんのじ村」から千日前まではすぐそこだ。しかし貧しさだけが芸人を千日前の空間に引き寄せた原因ではないと私は思う。海民系の芸と墓地の空間とは、もっと深い、いわば深層のきずなで結ばれている。自分たちの身体にしみ込んでいる芸能と、死の世界に接近した千日前のこの空間とが、どこかその構造において似通っていることを、無意識の水路の船頭である芸人たちは直感で知っていたのではなかろうか。

＊

その千日前に吉本せいが進出を決めたときに、今日の吉本は誕生したのである。彼女はもともと興業の世界には関係のない女性だった。上本町《うえほんまち》の商家のぼんぼんであったせいの夫が、芸事にはまり込み、趣味が嵩《こう》じて自分で天満《てんま》天神の境内に寄席を開くという無鉄砲をしでかしたのが発端であった。そのうちに彼女自身が寄席経営に関心を持つようになり、夫にかわって興業世界に踏み込んでいった。しかし、彼女の経営する寄席がいつまでも天満に留《とど》まっていたとしたら、今日の吉本は生まれなかっただろう。意を決した吉本せいが、雑芸のメッカである千日前に寄席「南地花月」を開いたときに、決定的なことが起こった。このあたりが、まことに「場所の力」が持つ不思議をあらわしている。

鼻の効く機敏な経営者は他にもたくさんいただろうが、この女性には「不易」と「流行」の弁証法にたいする、他の追随を許さないじつにユニークな感覚があったように思われる。そのことはことに万歳のイノベーションにはっきりあらわれている。もともと万歳の芸人であったアチャコとエンタツに流行のサラリーマン風の背広を着せ、雑芸の類《たぐ》いをいっさい排した「しゃべくり」に徹した、新時代にふさわしい笑いの芸をやらせた。

彼女は言語の重要性に気づいていたのである。映画のような視覚芸術が隆盛の時代には、視覚を面白がらせる雑芸で対抗するのではなく、笑いの芸能の不易の基本である言語によって立ち向かうのがよろしい、と彼女は見抜いていた。笑いはどんなメディアを動員したものであろうとも、最終的には言語の構造とそこに侵入してくる無意識との絶妙な出会いのうちに発火する、瞬発的な出来事だ。面白いイメージを見て笑っているときでも、人はそこにある言語的な現象を楽しんでいる。あらゆる笑いの基礎はそれゆえに言語であり、この原点に徹することによって、そこに組み込まれた時代の流行も輝きを増してくる。「しゃべくり」こそ、新しい流行をつくるにちがいない。それが人類の笑いの不易の構造に根ざしているからこそ、それは流行ることができるのである。

　吉本せいの案出した新時代の笑いの芸は、笑いの原初の構造を再発見しようとするものだった。それは大阪でならば千日前で演じられなければならない。千日前はネクロポリス（死の国）の廃墟《はいきょ》の上につくられた芸能の町だ。それならば言葉が生み出す意味の世界を、瞬間瞬間に死なせていく笑いの芸は、その町でこそほんらいの力を発揮する。かくして、千日前に新時代の笑いの殿堂が生まれた。いずれそれは日本人すべての身体を揺すりあげていく笑いとなっていくだろう。なぜなら日本人の心の深層には、海原を越えてこの列島にやってきた遠い昔の海民の心性が、まだ息づいているからである。

書物のオデッセイ

原点の一冊――山中共古『甲斐の落葉』

中学生のころ、民俗学に興味を持って、ふと、家の本棚にあったこの本の原著を読んでいたんです。すると、父がそれをみて驚いて。というのも、父の祖父にあたる中沢徳兵衛が、この本を書いた山中共古さんにキリスト教の洗礼を受けていたんです。その後に、父は山中さんのことをいろいろと調べたようで、のちにこの本を復刊しました。

山中さんは江戸幕府のお小姓さん（将軍の雑用をつかさどる側近の武士）みたいなことをしていた人で、大政奉還で徳川慶喜と一緒に静岡に移りました。静岡は関東におけるキリスト教布教の拠点。そこでカナダ人の宣教師と会ってクリスチャンになり、のちに甲府教会に移って過ごしたころに調べたり書き留めたりしたことが、この『甲斐の落葉』に収められてます。

山中さんは江戸時代の武家・町人の間に発達した博物学の素養があるので、この本も非常にいいスタイルで書かれています。特徴的なのはこの挿絵ですね。見たものをまずスケッチする。この姿勢は、対象物を学問的概念でとらえるのではなく、イメージでとらえる江戸博物学の姿勢を継承しています。

もう一つ、江戸博物学的なのは「好奇心」。見聞きした庶民生活に関わる万物を記録しているところも、おもしろいですよね。旧正月の風習や、温泉宿のお座敷のことまで書いてあります。

今でもそうですが、江戸から見たら山梨なんて、山を越えて、まさに「文化果つるところ」。山中さんは山梨で庶民の生活に触れ、さぞ好奇心をかき立てられたんでしょう。

今の民俗学はテーマ別になっているところがあるけれど、実際の生活者は日々の生活で雑多なものを雑駁《ざっぱく》に体験する。それをそのまま書いていく、そういう民俗学のほうが僕は本当だと思います。

読書について言えば、本というものは、書斎にこもって読むんじゃなく、小脇に抱えて外に持って出かけるものだと言いたいかな。

この本を読んでいたのと同時期に、山梨の口承伝承を集めた『裏見寒話』や、岩手県遠野《とおの》の『聴耳草紙』に夢中になりました。近所のお寺に化けたカニが出てくる大蟹伝説なんかも興味をかき立てられたなあ。そういうお話を読むたびに、バスや自転車に乗って実際にその場所に行きました。父にもらった小西六（現・コニカミノルタ）のカメラをバッグに入れて。

今でも僕は、とにかく神話が好きだし、読んだら現場に行きたい。実際の場所で写真を撮り、想像で神話を再現する。その興奮と喜びは終生消えませんね。それが『アースダイバー』のような今の活動にも、つながっているのでしょう。

小さな、過激な本——柳田國男『遠野物語』

大学生の頃、私は南九州の甑島《こしきじま》で、民俗学のフィールドワークをおこなっていたことがあるが、その時、リュックサックの中にはいつも、この『遠野物語』の文庫本を、突っ込んで歩いていた。

理由は二つあった。一つは気分の問題に関わっていた。その頃の私にとって民俗学は、地球上から永久に消え去ろうとしている一つの文明の、最後の目撃者になるという、今考えるとちょっと気恥ずかしい、ヒロイズムを満足させてくれる学問として、意味をもっていた。アドレッセンス期にあった私は、自分のまわりにあった世界のどこにも、満足できる落ちつき場所をみいだすことが、できないでいた。そのために、私はこの現代の世界から、落ちこぼれ、滅びていくものに、深い共感をいだいていたのだ。

そういう私にとって、「この書を外国に在る人々に呈す」という、じつに過激なエピグラフを冠したこの本は、ほとんどバイブルみたいな意味をもっていた。『遠野物語』を書いた頃の若い柳田國男《やなぎたくにお》にとっては、自分のまわりにいる知識人たちの多くが、まるで「外国にある」人たちのように見えていたのだろう。日本人なのに、この列島で長い時間をかけて醸成されてきた、深々とした伝統の暮らしや物の考え方に、目をむけることがなく、いたずらに西欧の文明を促成栽培しようとしていた、当時のエリートたちに反発をいだいていた彼は、『遠野物語』という時代の流れに逆行するような不思議な本を出版することで、自分の独立精神を表明したかったのだ。私は、そういう柳田國男のほとんど反時代的な独立精神にあやかりたい一心で、いつもこの本を持ち歩いていた。

柳田國男がこの本を出版した当時は、彼がそこに描いている世界は、まだ生々しい呼吸を続けていた。近代日本は、それを残酷に否定しながら、前進しようとしていた。だから『遠野物語』の出版という行為は、激しくまた生々しい批判の意味をもつことができたのである。つまり、『遠野物語』に描かれている世界は、まだ前進しつつある近代との、激しい最後のたたかいに、敗北しつつあったのだ。

現代の私たちは、そこに描かれている伝承世界とのあいだに、じゅうぶん確かな遠近感覚を持つことができる。なぜなら、もうその世界は本当の意味での生命を失ってしまっているために、不安や闘争心をかきたてられる必要もなく、その世界をおだやかにみつめることができるからだ。ところが、この本を書いた時の柳田國男は、そんなおだやかな、観照的な態度で、伝承世界とわたりあっていたわけではない。『遠野物語』の出版は、彼にとって、生々しいたたかいとしての意味を、持っていた。民俗学を勉強していた時、私はこの学問に、若い柳田が直面していたような、緊迫した感覚を保ちつづけていたい、と感じていた。『遠野物語』は、そういう私にとっては、緊迫した状況の臨場感を再現する、すぐれたルポルタージュ文学であり、たたかいへの意志をエレガントな形で表明する、みごとなマニフェスト文学として、大きな意味をもっていた。

もう一つの理由というのは、『遠野物語』がはっきりと、言葉と大地のつながりを語っていることに、関係している。この本に集められた話のほとんどすべては、具体的な土地に結びつけられて語られている。山男が現れたのは、六角《ろっこ》牛山《うしさん》のどこの地点であるのか、座敷童子《わらし》がいる家は、どこの村の誰の家なのか、神隠しにあった子供が消えてしまったのは、どの村のどの土蔵の陰なのか、どの話もそれをはっきりと確定しようとしている。

ここに語られている話が、特異なリアリティを持っているのは、物語が土地に内属していることから、もたらされている。つまり、『遠野物語』が語る物語は、具体的な土地から離脱させられた瞬間に、たちまち生命を失ってしまうという性格を、持っているのである。そこでは、言葉はつねに大地からたちのぼるオーラに包まれている。言葉は土地に根をおろし、大地のたましいを語りだそうとしている。言葉は、故郷をもたなければならない、と柳田國男は主張したかったのだ。故郷から離脱したコスモポリタンとしての言葉で綴《つづ》られる文学や思想を、彼は否定しようとした。持ち運びのできるものよりも、故郷にあるときはじめて生々しい生命を持つことのできるものを、彼は重視しようとした。私はこの言語感に共感をいだいた。

じっさい、村でフィールドワークをしていると、そのことが明確にわかってきた。村の人々はたくさんの物語を伝承していた。しかしそこには、ポータブルなものとして、よそから運び込まれた物語と、具体的な土地に内属している物語との、明瞭《めいりょう》な違いが存在している。人々はポータブルな物語は、エンターテインメントとして楽しむが、土地に所属している物語は、自分たちの歴史感覚を表現するものとして真剣に語ろうとしている。抽象化されない、生きられた時間が、そこには息づいているのだ。

私は『遠野物語』を、村の人々のいだいていた、そういう歴史感覚を表明する物語として、読んできた。いままでの歴史学は、柳田國男がこの本をとおして強調しようとした、そういう歴史の感覚に触れてこなかった。自分の国の歴史を語りながら、そういう学者たちは、やっぱり「外国に在る」ままなのだ。柳田國男は、この小さな本をとおして、そういう歴史学を転倒しようとしたのである。その意味でも、この本は、じつに過激な書物なのだ。

網野さんがくれた本
――石母田正・武者小路穣『物語による日本の歴史』

私が網野《あみの》善彦《よしひこ》さんとはじめて出会ったのは四歳のとき、一九五五年のことだった。その年、叔母《おば》の中沢真知子と結婚した網野さんはそのとき二十七歳、都立北園高校の非常勤講師をして、文字通り糊口《ここう》を凌《しの》いでいた頃だった。

目黒《めぐろ》の不動前の借家を訪ねたときの記憶でも、部屋には本しかないという状態で、共同炊事場のガスコンロの前で、叔母が野菜の煮物のようなものを作っていた姿を覚えている。網野さんには背広と薄手のコートがそれぞれ一着あるだけで、寒い冬もそれだけで過ごしていた。いっしょに手をつないでもらって、銭湯に行った。私は銭湯というものがはじめてだったので、ひどく興奮して、その晩はよく寝付くことができなかった。その頃はたいがいの日本人が貧乏だったが、網野さんの貧乏ぶりはいま思い出してみても感動するほどであった。

叔母は熱心なクリスチャンだったので、貧乏であることにむしろ誇りをもっているようにも見えたが、山梨の実家にやってくると、祖母に暮らし向きのことで暗い話をしていることがよくあった。ところがクリスチャンでもない網野さんのほうは、自分は貧乏でなければならない、と確信している様子で、その態度が私を驚かせた。

一度だけ石和《いさわ》の井之上というところにある網野さんの実家を、父親といっしょに訪ねたことがあったが、あまりに立派なお屋敷のたたずまいにびっくりした。網野さんはその地方でも知られた銀行であった網野銀行のご子息であったのだ。その帰り道に、私が網野さんの暮らしぶりとご実家の豊かさのあまりのアンバランスぶりについて父親に疑問をぶつけると、父親は笑いながら、それが網野さんという人なのだよ、そうでなければ我が家のような家の一員になろうなどとは思わないだろうよ、と応《こた》えた。私は大きくなるにつれて、そのときの父親の言葉の正しさを、心の底から納得するようになった。

そんな網野さんが叔母といっしょに山梨を訪れ、私に一冊の本をプレゼントしてくれた。それがこの『物語による日本の歴史』である。その頃にはもう北園高校の教師に本採用になっていて、暮らしぶりも多少は改善されていたが、あいかわらず背広は一張羅のままであった。私も小学生になって、多少は文字が読めるようになっていたから、一九六〇年頃のことかと思われる。

「これは叔父《おじ》ちゃんがつくった本なんだよ」と網野さんが言ったから、私はてっきり網野さんが書いた本なのかと思った。するとそうではなくて、三年ほど前、出版社で編集のアルバイトをしていたときに、編集者としてつくった思い出の本なのだという。

著者の「いしもだ・しょう」という名前を読んでくれて（原著では武者小路穣氏の名前は「むしゃこうじ・みのる」と記されていたから、小学生にも容易《たやす》く読めた）、「石母田さんは叔父ちゃんの先生みたいな人で、ものすごく頭がいい人ずら。まだ新ちゃんには早いかも知れないけれど、すごく面白い本だから、ゆっくり読んでごらん」と言って、手渡してくれた。漢字の少ない本だったから、私はいただいた本をすぐに読み始めた。たしか保元《ほうげん》の乱の章のあたりから読んだように覚えている。本に載っている何枚もの絵巻のコピーにも、大いに心を引かれた。とくに伴大納言絵詞の絵には強い関心を持った。民衆の姿がじつに生き生きと描かれていて、そのことを網野さんに言うといかにも我が意を得たりという感じで、うれしそうだった。私はその本をその後とても大切にして、何度も何度も読み返して、最後はいくつかの章は諳《そら》じることができるほどに、はまったのである。

この本の編集を手伝っていた頃、網野さんは自分の歴史学の研究をどのような方向に展開していくか、見通しをまったく失ってしまい、暗中模索のなか脱出口を探っていた時期であった(このことは、私が大学生になった頃に話してもらったことだが)。ほかの多くの歴史研究者も同じような気持ちを抱きながらも、自分の研究テーマをこつこつと進めていたのだろう。そういう時代に、網野さんくらい深く絶望して、その絶望の底から立ち上がろうと、必死に闘った人も少なかった。

そういう時に、先輩である石母田さんたちが、歴史の読み方について切り開こうとしていた新しい方向性は、網野さんには大きな示唆と勇気をあたえるものだったにちがいない。いままは私にも、この本を手渡してくれた当時の網野さんの気持ちが、少しわかる気がしている。この本は大きな変化を体験しつつあった日本の歴史学に咲いた、小さな美しい花であった。

寺山修司の詩的限界革命――『寺山修司著作集』

「限界集落」ということばは、集落の住人がこれ以上さらに減って、あと数人の住人が外に転出してしまったり、一人暮らしの老人が亡くなってしまったときに、もはやそこを集落とは呼べなくなってしまうような、ギリギリの状態を言いあらわそうとしている。「限界（marginal）」をこういう意味で使用しだしたのは経済学の領域がはじめてで、それは一八七〇年代のことにさかのぼる。ジェボンズ、メンガー、ワルラスの三人が、独立にほぼ同時に発見した「限界効用」概念から、現代の経済学ははじまったと言われている。

限界効用の考えは、交換がおこるとき、モノの価値は効用の限界で決まることを主張している。市場で出会った二人の人間は、いっぽうが手放してもよいと思うぎりぎりの品物を相手に差し出し、もういっぽうが自分の持っているものを手放してでも、相手の差し出す品物を買おうとするときに、成立する。需要と供給それぞれがぎりぎり効用の限界で交換しあう行為こそが、商品社会の基礎にあるというこの考えは、たちまち経済学に「限界革命」をひきおこすことになる。

それとほぼ同じ頃、マラルメが詩の本質を言語の「限界」としてとらえる真新しい思想を抱いていた。詩的言語は、言語の重層的な構造の解体が進んで、もうこれ以上解体を進めると、もうそこからは意味以前の身体のざわめきの中に踏み込んでしまうような、意味実践の汀《みぎわ》でおこなわれなければならない、と彼は考えた。まるで限界集落のように、意味や価値の世界がそこで無の中に崩れ落ちていく限界にたって、詩は意味と無意味の動的均衡の中から、未知のことばを生み出すという実践として生まれ変わるのである。

十九世紀末に出現したこれらの限界概念には、ひとつの共通点がある。経済学でそれまで主流の考え方では、商品の価値はその中に含まれている労働力の価値によって決まる、と考えられていた。労働力は安定した実体をそなえているから、商品の交換は安定した基盤の上でおこなうことができる。ところが、限界の考え方は、そのような交換世界の安定を突き崩そうとしてしまう。商品の価値は、効用の限界が決めるのであるから、このような均衡を背後で支えている実体はもはや存在しなくなってしまうからである。

市場で出会った限界需要と限界供給がつくりだす、一時的な均衡だけがモノの価値を決めていくと考えるのが、マルクスを否定してそののち主流になった経済学の考え方である。マラルメの詩学においても、言語の文法構造とそこからはみだした欲動とが、詩的な表現の現場で出会い、そこに生まれる一時的均衡からのみ真新しい意味が発生できる、そういう限界的実践を、マラルメは来るべき詩であると考えた。意味の同一性を支える社会の安定をおびやかすこのような革命的な詩的言語の概念は、その頃から本格的な始動をはじめようとしていた資本主義の本質を描く限界概念と、多くの共通性をもっている。

ここから「現代」ははじまったのである。限界効用の支配する経済の世界では、長く永続できる均衡を支える労働価値のような実体がなくなってしまうために、あらゆる変化があやういエフェメラルなものになる。均衡は長続きしない。社会の中から確実性は失われていく。社会や経済から、同一性を支える原理は消え失せてしまうのである。

意味の限界実践としての芸術という概念で表現された、世紀末のアヴァンギャルド芸術理論でも、それとよく似たことが主張された。言語の象徴的な秩序がつぎつぎと欲動の流入によって脅かされていく、詩的実践の汀では、言語のあらゆるレベルでの同一性が揺らいだり、複数化をおこして、動的な均衡そのものが新しい意味を生み出すのだけれど、そこには永続する安定はおこりようがない。さまざまなジャンルで出現した限界の概念は、来るべき現代という時代の本質を、共通のものとしてとらえていたのだった。

さまざまなジャンルでそれぞれ孤立してあらわれ、いずれもまだ萌芽《ほうが》であったこのような現代の本質は、百年をかけて成長をとげ、おたがいの枝や幹を延ばしてからまりあい、しだいに一本の樹木に姿を変えて、その全容をみせるようになった。おそらくそれが激動の一九七〇年代の意味であったのだろう、と私は思う。それはいろいろな領域で準備されてきた限界革命が、社会の全体を巻き込むほどの大きなうねりをつくりだした時代だった。限界概念は、百年かけて、ついに大衆のもとにまで浸透をとげたのだ。

＊

寺山修司《てらやましゅうじ》の詩的実践の意味を理解するには、それをひとつの限界革命として理解してみる必要がある。「現代」とは一面では高度資本主義への道として理解することができる。寺山修司はアジア的農村地帯に生まれて育ったが、その時代、そこは文字どおりの限界地帯となっていた。農村にはまだありあまる人口が抱え込まれていたから、集落自体が限界状況に直面するような事態は、まだ訪れていなかったが、彼のような早熟な少年の意識の中では、すでにはじめから激しい限界状況が体験されていた。

日本の東北のアジア的農村そのものが、高度資本主義にとっての限界的存在となりつつあったからである。製造業を中心とする工業生産の拡大が進められていたこの時代、農村はただ比較的安い労働力の供給地としての意味しか持っていなかった。消費はもっぱら都市を中心に拡大していたけれど、農村にはまだ貧弱な消費力しかなかった。最新の文化は東京から発信され、地方の文化は「土俗」として、ドメスティック・オリエンタリズムの対象としての意味しか持っていなかった。その当時にはまだ「いい日旅立ち」の観光さえ、十分には発達していなかった。

しかし、そうやって「限界集落」的な意味での限界状況に追いつめられていた東北のアジア的農村地帯には、別のレベルでの限界がまだ生命を保ち続けている時代だった。住民たちはとうてい「市民」ではなかった。都市に暮らす市民たちの無意識は、すでに中流的な生活実感の中で、均質化しはじめていて、彼らの生活する世界からは死のリアリティとの接触や、暮らしの中にいつ外部性が流入してきて平穏をかき乱していくかもしれないという恐れの感情などは、日常の暮らしの中で遠ざけられていた。ところが、アジア的農村地帯の住人には、無意識の領域への通路がしっかりと確保されてあって、死のリアリティや外部性の侵入が、なまなましい感覚をもって、暮らしの中に息づいていたのである。

生者のつくる世界の底に広がる実存的な「限界」が、そこではまだはっきりと意識されていたから、その限界の向こう側に広がる世界への通路ないしは穴が、いろいろな形態でいくつもつくり残されてあった。想像力豊かな寺山少年にとって、そのような限界にこしらえられた穴の存在は、ごくごくなじみ深いものであった。そうした穴は死のリアリティに触れるものとして当然「暗い」ものであったけれど、均質化した都市生活者の無意識の構造からは、無意識への通路とも言うべき暗い穴が失われて、都市には「明るい」現実が広がりつつあった。アジア的農村地帯を脱出して、ようやく東京にたどりついた寺山修司は、そのときはじて、無意識の穴を埋めたてられて均質化した都市的な世界が、別種の「暗さ」を隠した世界であることを知ることになる。

アジア的農村の暗さと市民の世界の別種の暗さを、寺山修司はつぎのように対比してみせる。


たとえば、ある高級住宅地の一角に住む若いサラリーマンの家庭。妻と、子供が二人ぐらいいて、スピッツかなにかが一匹いて、庭には陽のあたっている芝生が青々としていて、居間で紅茶茶碗にスプーンが当る音がカチャカチャいっている日曜日の午前十一時ごろの……暗さ。

　それよりも、冬の夜の田んぼに母親の櫛を埋める方がもっと暗いのかどうかは……わからない。

（中略）

　売られたる夜の冬田へ一人来て埋めゆく母の真っ赤な櫛を
（高松次郎「劇的想像力の論理　寺山修司について」『不在への問い』水声社）


　市民社会は無意識への通路である心の中の穴を、小ぎれいな記号やオブジェで塞《ふさ》いで、外部性の力が流入しないようにして自分たちの世界をつくっているから、その世界は「明るい」ように見える。それに比べれば、売りに出した田んぼに、大地の真実の所有者でありながらその権利を奪われた「母」を象徴する櫛《くし》を埋めに行く心性は、たしかにとてつもなく「暗い」。しかし、寺山修司は外部に開かれた穴のない表面は、人工照明にくまなく照らし出された明るい空間のように見えて、生と死の交換が停止してしまった、ほんとうは絶望的に暗い空間なのであると書くことになる。

寺山修司はその青森を脱出して東京へ来る。しかしそのとき、彼はアジア的農村が内部に抱え込んでいる「限界」の構造を捨てなかった。そしてその限界を、彼自身の詩的言語の革命の原理にした。詩における現代は、言語の構造の底に広がる限界領域へ降りていく運動を意味している。その二つの限界に構造的な類似性を発見し、二つを一つに重ねるところから、寺山修司の方法は生まれている。寺山修司の詩的言語による新しい限界革命は、何重もの限界性の襞《ひだ》を抱え込んで開始された。

＊

詩的言語の現代は、言語構造の底に広がる意味効用の限界面に向う運動として、マラルメの頃にはっきりした形をとるようになった。それからほぼ百年後の寺山修司は、自分の開始しようとしている詩的言語の革命を、その限界面のさらに向こう側、すでに無意味の中に足を踏み入れてしまう領域にまで押し広げていくことによって、現代の概念を拡張してみようとしたのだった。

そこで彼が注目したのが「落書き」だった。落書きに注目したとき、寺山修司はマラルメを意識して、自分の詩学はマラルメの延長上にあって、しかもいまやそれを乗り越えるような現代的動勢を示すにいたったと、つぎのように宣言した。

落書というのは、堕胎された言語ではないだろうか？　それは誰に祝福されることもなく、書物世界における「家なき子」として、ときには永遠に「読まれる」ことなしに消失してしまうかもしれない運命を負っているのである。だが、だからこそ「全体のなかに存在する諸関係の総体」（マラルメ）とまったく切り離され、事物を命名もしなければ、事物の呼びかけに答えることもしない――まさに疑似事物として、壁の汚点のようにひっそりと時をかぞえているのである。

落書の偶然性は、マラルメの時代に考えられていた詩の概念には反する。「詩の書物の持つ配置は、先在的乃至《ないし》は偏在的に立ち現れているものであって、偶然を排除する。しかしまた、作者を除き去るにはどうしてもそれが必要なのである」（マラルメ）と書くとき、マラルメは、自ら排除した偶然性と神秘学とを和合させることによって、彼の時代のさまざまの詩学と対峙していたのである。

だが、文学が神秘を創造するのではなく、文学的動機が詩人内部の神秘性から生まれるという考え方は、あまりにも諸科学を無視し、歴史に対して無頓着だったと言うことになるだろう。落書は、いわばその時代の「掟」である。そしてまた、書物とはちがった理由からだが「数えあげられたいくつかのくりかえし文句の融合」と「詩人自身の語りながらの消失」をふくんでおり、同時にその時代感情を父としているきわめてアクチュアルな、反散文形態だと言うこともできるのである。

（「落書学」『暴力としての言語』思潮社）

限界革命後の詩的言語は、身体と結びついた音楽性や社会的な言語を習得する以前のいわば前言語的な意味実践などに、いちじるしく接近していった。そのために伝統的な意味での「作者」の個人性がどんどん希薄になって、そのうち「詩人自身の語りながらの消失」という事態がおこることになる。書きながら、あるいは書くことによって、詩人の個人性はしだいに消えていってしまう。「詩が顕在化すればするほど詩人が見えない存在になってゆく過程に現代詩の赴くべき一方向をかいま見る」ことができるのだ。

寺山修司の詩学においては、マラルメやロートレアモンたちが百年前にはじめた現代化の運動をさらに推し進めて、ついには限界と指定されていた境域をも踏み越えて、意味実践の物質的基体にまで踏み込んでしまわなければ、詩的言語の現代は自分を完成させることはできない、と考えられている。「人間の最後の疎外は自分の想像力からの疎外であり、それからの解放、

自らの内臓の壁への落書だけが「詩の創生」につながる、もっともラジカルな闘いだというこ
とになるのである……」(「落書学」)。
詩はもうその一線を越えれば、物質的な振動や生物の内部で交換をくり返す生と死のリズム
の中に融《と》け入って、想像力の自由勝手な羽ばたきさえもはや許さない、唯物論的な宇宙の
「掟《おきて》」に触れていくことになる。これが想像力からの疎外である「人間の最後の疎外」の意味
するものであり、生命活動に直結した「内臓の壁」へ、名前さえ消失させた孤独な大衆が、落
書を書きつける。こうして限界詩の立っているその同じ場所に、寺山修司は公衆便所の壁の落
書を見いだすのである。
かつて農村にはめったに公衆便所はなく、そのかわりに落書の書かれる壁は、ふだんは人気《ひとけ》
もない神社の裏の白壁であることが多かった。神社は人間の世界とその外との境界にあって、
社会の監視から逃れ得ているアジールの空間であり、そこの壁は若い匿名者たちが落書を書き
つける、意味実践のための限界面としてあたえられていた。神社の裏壁は異界との接触面であ
り、本殿に祀《まつ》られている神々の背後に潜む、いわば「後戸《うしろど》」の空間にあたる。そこから落書詩
人たちは世界の内臓に潜り込み、そこの壁に彼らの限界詩を書きつけたのである。
ところが農村から都会へ出てきた若者たちは、そこに神社の壁を見いだすことはできなかっ

た。そのかわりに、彼らは公衆便所の壁に、限界的意味実践の痕跡《こんせき》を書き留めるための、かっこうのホワイトボードを見いだしたのだと言える。それがなぜ公衆便所の壁でなければならなかったのか。それは、そこが社会の目の届かない後ろ戸の空間であり、そこに穿《うが》たれた穴を通って世界の内臓の壁に手探りで触れることのできる、かっこうのアジール空間であったからだ。

寺山修司の詩学の構造は、「落書学」の試みにおいてもっともラジカルな形で表明されている。落書学をとおして彼は、自分のまわりにおこなわれていた現代詩を否定してしまおうとしていた。現代詩のさきに出現すべきものは、マラルメによって定式化された限界実践の方法を、さらに物質的な極限にまで推し進めたところにしかあらわれえない。その意味で、詩人としての寺山修司は、愚直なまでに現代性の課題ということに、忠実であろうとしていたと言える。

＊

じっさい寺山修司の詩作は、落書の書かれる「世界の内臓の壁」に、はじめから近いところにいた。その詩は、「前衛 avant-garde」の運命に忠実にしたがって、同一性や意味の構築性が消滅していく、意味実践の限界にかぎりなく接近していき、そこから無意味の領域に足を触れるのである。ここで詩人は「くずれ」を起こすのである。有名になった「「荒地」の功罪」のような文章にみなぎっているのは、自分の詩的実践にたいするナルシシズムを同一性の拠《よ》り所としている詩人たちへの、はげしい憤りの感情だが、そのことを寺山修司は、世の現代詩人たちには「社会との関わりの感覚、べつの言葉でいえば「愛」がすっぽりと欠落している」と批判した。

寺山修司は言語の造作物である詩や詩的実践を実体化した書物にたいする愛（ナルシシズムの愛）などよりも、はるかに強度の強い現実界とそれを突き動かしている物質的な力への愛に向かおう、と同時代に呼びかけて、自らそれを実践してみせた。肉体の物質性や映像の物質性の内部から、彼は限界的な詩の言語を、世界に向けて投げつけようとした。寺山はしばしば「鬼才」と呼ばれたが、それは彼を突き動かしている「現代性」への渇きにも似た衝動を、真正面から受け止めることを恐れた世間が、そんな風に呼ぶことで、彼に突きつけられた挑戦から、巧みに身をかわそうとした奸計《かんけい》にすぎない。

詩人くずれ——寺山修司は自分のことをそう呼んだが、そこには恐ろしい真実が込められているように、私には思われてならない。彼は内面に突き上げる限界への衝動の強度によって、詩人を突き抜けて、詩人くずれとなり、詩人として自らくずれることによって、誰よりもラジカルな限界革命家となったのである。

山国の詩的人生

三十歳をすぎた頃からの飯田蛇笏《いいだだこつ》の俳句には、甲州の自然とそこに生きる人間の心が、全面的に浸潤するようになってきた。俳句は季語をとおして、変化する自然が、言語に流れ込んでくるように考えられた詩である。飯田蛇笏の場合には、詩の中に流れ込んでいる自然が、まさに甲州にしか見いだされない、特別な自然なのである。

高く険しい山々に囲まれた盆地に営まれてきた、甲州の自然と人間の暮らし。その自然と人生が、直接的に俳句の内部に組み込まれている。その意味では、甲州の自然と蛇笏の俳句は、まったく同じ構造でできている。

洟《はな》かんで耳鼻相通ず今朝の秋

ここには、私なども子供の頃に体験した、甲州の秋から冬にかけての自然の感覚が、驚くほど正確な言葉で表現されている。俳句は言葉と物質を隔てている膜を極薄の状態に近づけることによって、人間と自然との間に通路をつくり出そうとする言葉の芸術であるが、それを実現できている作品は、そんなにたくさんはない。ところが飯田蛇笏の俳句では、その状態がむしろ日常である。

＊

どうして彼の俳句には、そんなことができたのか。それは飯田蛇笏が、東京での文化人としての成功を断念して、故郷の境川村に戻ってきたからである。東京は平地にできた都市である。そこにある自然はすでに人間の手によって手なずけられ、管理されている。そういう世界で、俳句のめざすべき境地にたどり着くためには、漂泊の旅にでるか、想像力によって脳内に擬似自然をつくり出すしかない。

ところが甲州は山国で、地形はどこも厳しい。人間は山の動物の生活圏にも近いところに住む。そこでは水平的ではなく垂直的、踊るメロディーではなく跳ぶリズムが、人生の感覚となる。人間中心主義の世界ではなく、人間と自然の中間に繰り広げられる、山の人生。そうしたものが、かつてここには育っていた。
飯田蛇笏の俳句に浸潤しているのは、そういう垂直的自然である。その垂直的自然を、「芋の露」のような小宇宙にまるごと取り込む芸術を、蛇笏の俳句はめざした。

芋の露連山影を正しうす

「芋の露」とは、言うまでもなく彼の俳句のことにほかならない。

＊

山の自然はなめらかなものよりも、ぎくしゃくと切り立った感覚のほうを好む。そのために甲州の自然を浸潤させた俳句は、いわゆる「上手な」俳句などをめざさない。この性格は、むしろ飯田龍太《りゅうた》の俳句の特徴となる。

春の鳶寄りわかれては高みつつ

垂直な飛翔を得意とする鳶《とんび》の運動を、そのまま俳句に組み込もうとすれば、どうしてもこのリズムになる。このリズムは人間よりも鳥のものであるから、この俳句は「上手」とはいわれない。しかし俳句の本質に照らしてみれば、このぎくしゃくしたリズムこそが俳句のものである。

甲州の自然とそこに生きた人間の心は、まさに俳句の構造をもっている。飯田蛇笏と龍太父子の俳句が、そのことを立証している。彼らは山国の詩的人生をみごとに生きたのである。

ダンテのトポロジー

ダンテは西暦一三〇〇年の四月八日夕刻から翌九日の日没直後までの、ほぼ一昼夜をかけて地獄への旅を体験している。そこから煉獄《れんごく》、天国への旅が途中とぎれることなく連続しておこなわれていることから推定すると、『神曲』という作品のもとになった驚異の体験は、地獄下降のその日から数えておよそ二日か三日の間に起こったと考えることができる。これはシベリアのシャーマンが成巫のためのイニシエーションにおいて真正のトランスに入り、再び意識を取り戻すまでに要する時間にほぼ等しい。

三十五歳のダンテは、このとき自らの心の深層の全領域を横断する内的体験をもったのである。そしてその体験をもとにして、その後十数年を費やして一つの壮大な物語を創造した。ダンテの以前にも似たような体験をもった人間はたくさんいる。しかしそれをダンテのように一つの堅固な構造と複雑な内容をもった作品にまで高めて表現できた者はいなかった。『神曲』は文芸批評などの手に余る作品ではない。たしかに表現に用いられたのは詩の技法であったが、それはあくまでも表現のための方便にすぎない。この作品を文学史の中に位置づけることはかならずしも間違いではないだろうが、それはそもそも文学というジャンルの枠を越え出た表現の怪物なのである。ダンテが『神曲』で創造したものは、人間の「書く」という行為の歴史にもたらされた、空前絶後に新しい形態である。

驚異の内的体験を一つの物語に作り上げるに際して、ダンテが表現の枠組みとして利用したおもな知識体系として、プトレマイオスの天文学、ユークリッドの幾何学、アリストテレスの哲学、そしてトマス・アクィナスの神学をあげることができる。これらの知識体系はダンテによって相互に緊密に組み合わされることによって、一つの統一性をもった超構造にまで高められ、まさに中世思想をまるごと表現する大きな全体性にまで達している。

それは中世思想の全体を包摂するほどの大きさをもった超構造である。その超構造の仕組みを明らかにするために、後世の人々は多くの努力を費やして膨大な注釈をほどこし、詳細な作品解析をおこなってきた。しかし私の考えでは、そうして明らかにされた超構造の深層には、もう一つ別の、超構造を上回る構造が隠されている。『神曲』のもつ「空前絶後に新しい形態」

というのは、じつはその超構造のさらに深層にある構造に関わっている。

トランスに入ったダンテは、意識を失って闇の中に落ち込む。そして地獄の入り口から、息を飲むほどに巨大な漏斗状をした構造の、いちばん上の縁に出て行く。そこからは螺旋《らせん》を下るようにして、一歩また一歩と地獄の最下層に向かっての下降の旅にとりかかる。漏斗状をした地獄の内壁をダンテとウェルギリウスが下りていくと、そこには人間に特有な怒りや貪欲や愚かさの毒に冒されることによって、生前大きな悪をなした人々の魂が苦しんでいる姿があった。

この地獄の構造を下方に向かえば向かうほど、そこで苦しんでいる人々の魂と身体は、物質性の重みにひきずられ押しひしがれている。身動きもままならず、あらゆる運動性が滞っていく。漏斗状の構造の最深部において、ダンテたちは傲慢《ごうまん》の大悪魔（元大天使）ルシフェルの姿を見る。逆さになったルシフェルは氷漬けされていて、わずかに口や翼を動かすことしかできない。そのルシフェルの毛脛《けずね》に取りすがって足へとよじ上って、脇を通り抜けるとき、ダンテたちはつぎのような奇妙な動きをとることによって、地獄から抜け出ていく。

そのルチフェロのふとった腰の骨のあたり、正しくは腿《もも》のつけ根へわたしたちがたどり着いたとき、

師はやっとの思いで　苦しそうに
引っくりかえって、頭を足の方へさかさまにつけて、
毛にしがみついて昇るようなので、
わたしはまた地獄へ逆もどりするのかと思った。
と、師は疲れ果てた人のように　あえぎあえぎいった。
「しっかり摑《つか》まって。こんな梯子《はしご》でもなければ、
いっさいの悪から逃げだせないのだから」

（『地獄篇　第三十四歌』三浦逸雄　訳）

ボッティチェリの描く『神曲』挿絵では、アニメーションを思わせる連続画法によって、大悪魔の脛毛をつかみながら空中を回転しているダンテとウェルギリウスの姿が描かれている。その絵を見るとどうやら、重力の中心部でもある地獄の最深部で空間そのものがくるりと裏返しになり、そこから一瞬にして地獄を完全に抜けて煉獄が出現する仕組みになっているらしいことはわかるのだが、ダンテの描写だけでは、そこがどういう空間の構造になっているのかを想像することはなかなか難しい。

その想像の難しさは、ダンテが依拠している幾何学の「固さ」にある。ダンテは自分の体験したヴィジョンを、ユークリッド幾何学の枠組みを使って表現しようとしているために、じっさいに地獄の最深部がたちまちにして煉獄山の麓《ふもと》につながるという構造を、うまく表現できないでいる。しかしこれを現代幾何学の知識に属しているクラインの壺《つぼ》の構造を利用してみると、裏が表に反転する地獄から煉獄への道行きは、もっとうまく表現できるようになる。氷漬けのルシファーがいる地獄の最深部で、表が裏に、外が内に反転を起こしているのである。

地獄の住人の心は、外に現出している幻影を客観的な現実と取り違え、それに執着をおこすことによって大きな罪をなした。この罪を浄化するために煉獄山にとりかかった者たちは、心を外的現実にではなく、自分の内面へと反転させていかなければならない。煉獄の山を登攀《とうはん》するとは、自分の心の内面深く降り立ち、心の外に現れた幻影的現実への執着をなくしていくことを意味する。この反転を実現するためには、クラインの壺の構造が必要である。

煉獄から天国へと、ダンテの魂は上昇を体験していく。しかしそれはじっさいには、魂の内奥への進入ないしは下降を意味している。心の構造の深層部への下降は、魂の巡歴者にとっては、天空への上昇として体験される。心の深層部では、感覚器官によって外に捉《とら》えられていた物質的現実が消失していく。客観世界がなくなっていくのだ。すると主客の違いも失《う》せ、事物を互いに隔てていた障壁も消え去って、事々無礙《むげ》の法界が心の内面空間に広がっていくようになる。ダンテが『神曲』に描いている「天国」とは、この心の内面空間のことにほかならない。

＊

『神曲』の真の偉大さは、じつはここから始まる。地上楽園から天国の空間に飛び移るときに、いみじくもダンテ自身が語っているように、かつていかなる詩人も、天国のありさまを詳細克明に描き出すことができなかった。ダンテはその理由がはっきりとわかっていた。詩は言語によるが、言語には物質性がそなわっている。また言語には線形的に進行していく時間をつくりだしていくから、マトリックス状に全体で変化していくものや、異常に速度の速いものや時間進行から自由なものを描写する能力をもっていない。ところが数日間にわたる驚異の体験をとおしてダンテが知った天国は、言語の描写能力をはじめから越えていた。

そこはしだいに物質性が希薄になっていく空間であり、空間全体がインドラ網のように互いを映発しあい響きあいながら運動するマトリックスをなし、天使たちが素粒子のようにして高速度で飛び交っている場所である。強烈で純粋な光によって充実しきった空間。地上では聴いたこともないような妙音とハーモニーが響き渡る空間。天国は言語の描写能力を越え出ている。

それゆえに、ダンテの前にも後にも、天国をここまで完璧《かんぺき》に描出しえた詩人も作家も、一人としていないのである。

それをダンテは実現したのである。天国での上昇のプロセスに合わせて、ダンテを包む空間の構造とそこを棲家《すみか》とする天使たちの種類や運動形態が、つぎつぎと変化していく。天使のそれぞれにわりふられた叡智《えいち》的知性の性質にしたがって、空間の構造そのものが変容していくのである。その変化の様をダンテは正確な表現技術をもって、描き出していくのであった。

ここでそなたの見る天使がたは、慎《つつ》ましくて、
おん神の善によって　すごく聡《さと》い性につくられたことを
ご自分でもさとっておられるのですが、
かがやく恩寵《おんちょう》とその身の功徳とで
そのおん神を見る力がたかまっておりますので、
あんなにも望みがたかく　完全になっているのです。

（『天国篇　第二十九歌』三浦逸雄　訳）

ここに描かれている天国は、私たちの世界の外の、どこか超越的な異世界にあるのではない。天国は私たちの心の内面空間にある（それどころか、地獄も煉獄もじつは私たちの心の内面空間にある）。まばゆい光をたえまなく放出し、人間の意識などがとうてい及ばない高速度で天使的な存在が運動している空間とは、私たちの心の内奥に潜む内面空間そのものにほかならない。

心の内面空間を動かしているのは「愛」である。知性が心の外の事物に注がれ、それを客観的な真実と認めたり、執着をおこすとき、知性はこわばり、頑《かたく》なになってしまう。ところがその知性が自分というものに執着をおこし、他の存在から切り離された自分を実在と思い込むとき、知性は自己愛の中に閉じ込められる。どちらの場合にも、愛は縮こまり、大きな流動を起こさない。しかし、自分と他者を隔てる壁が消え去り、事と事が柔らかな知性を仲立ちにして自由なつながりを取り戻すとき、世界には大きな愛の流動が発生する。ダンテが描いた愛の充満する天体世界とは、じつは私たちの心の内面空間にほかならず、そこでは愛と知性は完全に一体となっている。

その内面空間の微細構造の変化を、ダンテは天動説に立つプトレマイオスの天文学が考えた天体のスクリーンに向かって投射した。月と惑星と恒星がつくりだす天体の秩序は、精密きわまりない周期性と神々しい音楽性をそなえている。ダンテが自身の驚異の体験をとおして体験した心の内面空間にも、それと同じような静けさの中に、秩序と音楽性が充満していた。人間の心の内面空間と宇宙空間を、『神曲』において一つにつないでみせた。華厳経の言う理事無礙、事事無礙の法界が、人間の心の中と宇宙空間とに同時に広がっている。内と外がここでも一つにつながっている。またもやクラインの壺の登場である。

しかし私たちはダンテの描いた天国が、それでもまだ「固すぎる」と感じる。原因はここでもダンテが依拠したプトレマイオス天文学の「固さ」にある。剛体とその剛体が「固い」ユークリッド幾何学の平面の上を運動していくプトレマイオス天文学の構造をもってしては、心の内面空間の「柔らかい」構造もそこを飛び交っている天使的諸存在の「しなやかな」運動も、十分な精度と確度をもって描き出すことは不可能である。

『神曲』は中世までに蓄積された人類の叡智と知識の一大集積体である。ダンテの時代までに蓄積された叡智と知識を一つの構造体にまで構築しえた、それは奇跡のような知と信仰の超構造である。しかし『神曲』をつくりあげようとする知的作業のおおもとになっているのは、ダンテがじっさいに体験した魂の巡歴の旅であり、心の内面空間で敢行されたその旅においてダンテ自身が「見た」世界は、諸知識が構成する超構造を越えている。

ダンテが現代の幾何学を知っていたら、相対論や量子論とそれにもとづいた現代の宇宙科学を知っていたら、現代の生命科学や脳科学を知っていたら、彼はいったいどんな『神曲』を書いただろうかと、私はよく夢想する。そのとき、この作品のもとになった驚異の体験の中でダンテが「見た」ものが、どのような新しい『神曲』に姿を変えて出現することになるだろうかと想像するだけで、私の中には熱い思いがこみあげてくる。

初出一覧

「私の収穫」（「朝日新聞」二〇〇九年六月三日・四日・十日・十一日）
「空間のポエティクス」（東京藝術大学にて特別講義、二〇一五年十月六日）
「堂々たる「貧」」（「すばる」集英社、二〇〇九年四月号）
「猿まわしの哲学のために」（飯田道夫『猿まわしの系図』人間社、二〇一〇年）
「人は熊を夢見る」（古川日出男 作／蜷川幸雄 演出「冬眠する熊に添い寝してごらん」パンフレット、Bunkamuraシアターコクーン、二〇一四年）
「クマよりもたらされしもの」（「ユリイカ　特集 クマ」青土社、二〇一三年九月号）
「対称性の思考としてのアニミズム」（奥野卓司・秋篠宮文仁 編著『ヒトと動物の関係学 第1巻 動物観と表象』岩波書店、二〇〇九年）
「「ふゆまつり」の神々」（高見乾司ほか『山と森の精霊 高千穂・椎葉・米良の神楽』LIXIL出版、二〇一二年）
「プレート上の神話的思考」（C・アウエハント 著／小松和彦・中沢新一・飯島吉晴・古家信平 訳『鯰

絵　民俗的想像力の世界』岩波文庫、二〇一三年）
「お金のかからない高級さ」（「東京新聞」二〇〇九年十月十日）
「けなげな町」（「東京新聞」二〇〇九年十一月二十一日）
「異界との境界地帯」（「東京新聞」二〇一〇年一月九日）
「菩薩としての遊女」（「月刊 観世」檜書店、二〇一四年十一月号）
「禅竹」（梅原猛・観世清和 監修／天野文雄・土屋恵一郎・中沢新一・松岡心平 著『能を読む 3 元
雅と禅竹 夢と死とエロス』角川学芸出版、二〇一三年）
「離脱の芸術」（国立文楽劇場「文楽」パンフレット、二〇一二年十一月）
「吉本の考古学」（『吉本興業百五年史』吉本興業・ワニブックス、二〇一七年）
「原点の一冊」（「朝日新聞」山梨版、二〇一二年十一月七日）
「小さな、過激な本」（柳田国男『遠野物語』集英社文庫、一九九一年）
「網野さんがくれた本」（石母田正・武者小路穣『物語による日本の歴史』ちくま学芸文庫、二〇一二年）
「寺山修司の詩的限界革命」（『寺山修司著作集 第1巻 詩・短歌・俳句・童話』クインテッセンス出
版、二〇〇九年）
「山国の詩的人生」（山梨日日新聞社 編『蛇笏と龍太 山廬追想』山梨日日新聞社、二〇一五年）
「ダンテのトポロジー」（ダンテ 著／三浦逸雄 訳『神曲 天国篇』角川ソフィア文庫、二〇一三年）

中沢新一（なかざわ　しんいち）
1950年生まれ。思想家、人類学者。明治大学野生の科学研究所所長。東京大学大学院人文科学研究科博士課程満期退学。『アースダイバー』（講談社）、『熊楠の星の時間』（講談社選書メチエ）、『日本文学の大地』『俳句の海に潜る』（KADOKAWA）など多数の著作がある。

熊《くま》を夢《ゆめ》見《み》る

2017年10月27日　初版発行

著者／中沢新一《なかざわしんいち》

発行者／郡司 聡

発行／株式会社KADOKAWA
〒102-8177　東京都千代田区富士見2-13-3
電話　0570-002-301（ナビダイヤル）

印刷所／旭印刷株式会社

製本所／本間製本株式会社

KADOKAWAカスタマーサポート
［電話］0570-002-301（土日祝日を除く10時～17時）
［WEB］http://www.kadokawa.co.jp/（「お問い合わせ」へお進みください）
※製造不良品につきましては上記窓口にて承ります。
※記述・収録内容を超えるご質問にはお答えできない場合があります。
※サポートは日本国内に限らせていただきます。

定価はカバーに表示してあります。

ISBN 978-4-04-400243-5　C0095